日蝕えつきる

花村萬月

集英社文庫

目次

千代 7
吉弥 41
長十郎 99
登勢 135
次二 195
解説　細谷正充 255

日蝕えつきる

千代

さぞや昔は——と、遠慮知らずの口から枕詞《まくらことば》のように洩《も》れだすようになったのは、それほど前のことではない。千代《ちよ》にしてみれば、そう言われる以前といまの境目がどこにあるのかわからない。それどころか、自分ではまったく変わっていないと思っている。半覚醒の気怠《けだる》さのまま、千代は目尻や口許《くちもと》をさぐる。指先で小皺《こじわ》が感じとれるものかどうか心許ないが、しばしさぐり続けて、昔と変わらぬ張りと艶《つや》だと声にならぬ声で独りごちる。

冷えびえとした季節だが、じめじめ湿って凍えるように冷たい軽井沢の宿《しゅく》に較べれば、本所吉田町の裏店《うらだな》とはいえ極楽だ。田がなく零細な畑のみでまともな作物も育たぬ軽井沢の貧しさは思い出したくもない。

江戸に逃げてきてそろそろ三年になるか。川柳で軽井沢といえば暗黙のうちに飯盛《めしもり》女《おんな》を指すというほどで、要はまともな作物がとれぬから女が身を売って稼ぐしかない土地なのだが、こっちにやってきて食う物もずいぶんましになった。それを鑑《かんが》みればばたった三年で容姿が衰えるはずもない。衰えといえば、飯盛をしていたころから難儀していた鳥目がますますひどくなってきたことくらいだ。

六尺一間半、三尺の土間に二畳の座敷だけの、あちこち杉板が反って隙間風だらけの裏長屋、枕屏風《まくらびょうぶ》を置く余地もない万年床に古着屋で値切りに値切った小便臭い掻巻《かいまき》にくるまって千代は漫然と転がっている。

まともに閉まらぬ戸口からわずかに光が射《さ》しこんではいるが、棟がひしめき、庇《ひさし》が互いに迫《せ》りだしていることもあり、お天道様《てんとさま》が真上にきたときだけ路地の真ん中の蚯蚓《みみず》が団子のように固まって蠢《うごめ》く腐った臭いが立ち昇るどぶ板に陽射《ひざ》しがかかる程度なので中は昼間でも薄暗く、吐く息は白い。それでも千代はこの穴蔵じみた裏店の薄闇で、生まれてはじめて安逸とでもいうべきものを貪《むさぼ》ることができた。

ところがそんな暗がりにもかかわらず、さぞや昔はと言われだしたころからだろうか、早くに目が覚める。今日も午前《ひるまえ》に目が覚めてしまった。以前はそれこそ誰彼刻《たそがれどき》まで眠りを貪っていたのに、熟睡とは無縁で寝た気がしない。それどころか眠ることによってよけいに疲れを背負い込んでしまっているような気分だ。

くすんだ茶褐色に変色した綿があちこちから飛びだした掻巻にくるまったまま、千代はぼんやり安普請の天井に拡《ひろ》がる雨漏りの模様を眺めやる。雨水の染みで描かれた浅間のお山は夏のあいだの黒黴《くろかび》がいつのまにやら居座ったように沈み込んで、ずいぶん厳《いか》つい姿に育ってしまった。

「真っ赤っかに灼《や》けて、火を噴いて――」

千代の鼻の奥に、あの突き刺さるような硫黄の臭いが充《み》ち、咽《む》せ返りそうになった。江戸にやってきても、硫黄でやられた髪や肌が滑らかさを取りもどすまでにずいぶん時間がかかったものだ。

噴火は四月初旬からはじまったが、人々の不安をよそに衰えるどころか際限なく烈《はげ》しさを増していき、七月朔日《ついたち》あたりより噴煙と降灰により太陽が消え失せて、東の空が真っ暗になった。夏だというのに単衣《たんい》だけではとても過ごせぬほどの肌寒さで、人々は綿入れを着込んだものだ。

耳を聾《ろう》する山鳴りと立つこともままならぬほどの地揺れが当たり前のようになってしまった日常であるが、昼でも提灯《ちようちん》をともさねば隣の家にも行けぬほどに暗い。お山の吐きだす火石は、ときに樽《たる》ほどもある巨大さで、それを恐れる人々は蔵にこもり、外出せねばならぬときは戸板や布団を頭上に載せて駆けた。

西寄りの風のせいで軽井沢宿では多いところでは人の背丈ほども灰が積もった。火山の灰というものは、どこか焼いた人骨を粉々にしたかのような禍々《まがまが》しさと、独特の顔を背《そむ》けたくなるような刺激のある臭いがある。当然ながら作物は分厚く積もった火山灰の下であり、人々は飢餓の予感に虚《うつ》ろになった。

黒々と立ちあがる噴煙の中に、乳房の下をはしる血の管じみた無数の雷が赤い触手を伸ばして絡みあうのを目の当《ま》たりにしたときには肝を冷やした。稲妻は青白いものと相場が決まっているのに、爆《は》ぜた血の色をしていたのだ。

このころ江戸でも戸や障子が顫《ふる》え、あたりは夜のように昏《くら》くなり、銚子《ちょうし》の海の沖にまで灰が降ったという。そればかりか千代にはどのあたりか見当もつかないのだが、佐渡や八丈の島々、あるいは京や大坂、さらには遠く蝦夷地《えぞち》は松前まで遠雷に似た鳴動が響いたという。

七月の六日あたりからいよいよ噴火が尋常でなくなり、軽井沢宿でも幾つもの旅籠屋《はたごや》が飛来した赤熱した大岩に潰され、燃えあがった。そのとき千代は、あえて大きく開け放たれた旅籠屋の二階の引き戸から、前掛山《まえかけやま》がまさに火の海となるのを茫然《ぼうぜん》と見あげていた。人々が噴火の向きの反対側に逃げるのに必死なときであったが、剛胆というべきか、奇妙な性癖の男もいたもので、わざわざこんなときにいそいそ江戸からやってきて、真っ昼間から哮《たけ》るお山を眺めながら馴染《なじ》みの千代を抱くという趣向であった。

この旅籠屋の看板だった千代に懸想《けそう》して江戸からときおり通ってくる男だったので無下《むげ》にもできなかったわけだが、この男ばかりでなく、風向きのせいで北麓側は灰や噴煙に直接襲われぬのをよいことに、草津の温泉ではこれも湯治客というのであろうか、物見高い者たちが群れて猛《たけ》り狂うお山を肴《さかな》に一献傾けて大賑《おおにぎ》わいであったという。ともあれ男も異常ならば、こんなときに飯盛に客を取らせる旅籠屋も因業の極みであった。

あれこれ昂《たか》ぶりの戯言《たわごと》を口ばしる男に組み敷かれた千代が隙をみて顔を背けたとたんに視野に入ってきたのは、山肌を疾《はし》る無数の野火に追われて下界目指して逃げ惑う狼や猪、鹿の群れで、獣たちまでもが右往左往して逃げだすのだから、いよいよお仕舞いだ——と腑《ふ》抜《ぬ》けたようにそれを眺めて、それでもおざなりに喘《あえ》ぎ声などあげてみせていた。

降灰であたりは夜さながら、火の海が天空を灼いて明滅するさまは地獄絵などかわいらしいものと思えるほどだったが、千代は男が途轍《とてつ》もなく昂ぶっているのを因果なことだと呆《あき》れつつ溜息《ためいき》を呑《の》みこみ、とっとと終わらせてしまおうと手管《てくだ》を用いて己の蟻《あり》の門《と》渡《わた》りあたりをそっと指先で押して締めつけに加勢させていた。だが男は獣の雄叫《おたけ》びをあげて果てたあげくに、いちどでは満足せず、休まずに動作した。

その千代の視界を横切って、牙山《きつばやま》に向けて無数の大岩が長く焔《ほのお》の尾を引いて飛んでいった。岩は赤熱していて、灰どころの騒ぎではない。大岩の落ちたあたりからぽつりぽつりと火の手があがり、やがて山裾まで山火事が拡がって、いよいよ昼なお昏い天地四方が赤々と染まって不規則に明滅した。

数日後、皆のおさまってくれという祈りも虚《むな》しくふたたび大爆発が起きてお山が背伸びをするかのように吹き飛んだ。左の耳がよく聴こえないのは、たまたまその大爆発のほうに顔の左を向けて佇《たたず》んでいたせいだ。

恐ろしかったのは、いままで空を舞っていた大岩や分厚い灰が吸いつくように大地に引き寄せられ、巨大な龍となって山肌を途轍もない勢いで這《は》い降りたことだ。乾ききって白茶けた色をした龍は途方もない熱を放ちつつ大口あけてすべてを薙《な》ぎ倒し、焼き尽くし、当たるを幸い、すべてを捲《ま》きこんで際限なく育ち、狂乱する姿を見せつけた。その速さは逃げ惑い疾駆する馬の倍ほどもあって、とても人の脚で逃げ切れるものではなかった。

龍は北側に疾ったので千代はこうして江戸で夜鷹《よたか》をしていられるわけだが、龍は這い落ちた先で膨大な泥の流れと化して吾妻川《あがつまがわ》をふさいだ。温泉の水が流れこむせいで魚も住まぬといわれた吾妻川だったが、狭苦しい渓谷であったことも災いしたのかあっさり堰《せ》きとめられた。

吾妻川をふさいだ龍は、流れで冷やされて落ち着くだろうと知った口を叩く者を嘲笑《あざわら》うかのように姿を変えた。水龍である。ふさがれた川の水が決壊したのだ。洪水は利根《とね》川《がわ》にまで流れこんで一気に水量を嵩上《かさあ》げし、まわりの村々はあっという間に真っ黒く濁った水に呑まれて姿を消した。

同時に熔岩《ようがん》が流れだしてゆるゆると、だがすべてを灼熱《しやくねつ》の中に呑みこんだ。熔岩は小山ほどもあり、歩みは遅くともすべてを完全に焼き尽くしていき、その奥底にたくさんの命を埋め込んでいった。

このころになると皆、どこかで狎《な》れてしまったのか、諦《あきら》めきってしまったのか、岩が熔《と》けるってんだからたいしたもんだとか、死ぬなら利根の濁流に呑みこまれるのと熔岩の灼熱に呑みこまれるのとどちらが楽か、などと捨て鉢な遣《や》り取りをしたのを覚えている。

結局、たいして人の住まぬ僻地《へきち》であるにもかかわらず、千人以上死んだ。

千代は引き剝がすように天井の浅間山から視線をはずし、やや顔を斜めにしたまま口の中の熟《う》んだ息を静かに吐く。薄闇の中、白く不明瞭な姿を漠然と追い、その臭いに閉口して他人のもののように手で煽《あお》ぐ。

白く臭い息は千代の筋の浮きだした手の動きをたいして気にもとめずに昇っていく。ふと吐く息が噴煙に重なって、縁起でもないと眉を顰《ひそ》める。なにを見ても浅間焼けの姿に重なって、浅間のお山に呪われてしまったかのような気分だ。

歪《ゆが》みがひどく、戸も満足に閉まらない裏店ゆえに、枡目《ますめ》が片足を引きずって抜けていくのが見えた。呼び止めると枡目はその四角い貌《かお》をぐいと突っこんできた。千代は搔巻にくるまったまま上体を起こして、容色のうつろいについてを横柄に尋ねた。ここにやってきた当初、枡目は千代に懸想していた。それをおぼろげに自覚していた千代は居丈高でさえあった。

「ねえ、どうだい。変わんないよねぇ」

枡目はじっと見つめるばかりで、黙りこくっている。

念押しをするように迫ると、いきなり土間に唾を吐いた。

「いけあつかましい」

そういう物言いはないだろうと睨《にら》み据えると、枡目は表にでて鏡を見やがれと付け加えて顔を引っ込めてしまった。頭に血が昇ったが、それでも手探りして鏡を摑《つか》むと、空っ風吹きすさぶ表に飛びだした。

行きかけていた枡目だったが、千代の剣幕に大儀そうに振りかえった。千代の手に鏡があることを認めると、口の端《はし》を大きく歪めて皮肉な笑みを泛《うか》べ、横柄に顎《あご》をしゃくった。千代は鏡を眼前にかざし、矯《た》めつ眇《すが》めつするかのように凝視した。

まず、鬢《びん》のあたりの白髪《しらが》に驚いた。目尻の鴉《からす》の足跡は当然のこととして、目の下のたるみもひどい。頰全体が粉を吹いたかのように乾ききっていて、楕円《だえん》の白癜風《しろなまず》さえ貼りついていた。口許のあたりもあきらかにゆるんできていて、口角を縁取るくの字の皺《しわ》の深さは信じ難いし、水気の失せた唇は土の色をしている。千代の顔はあきらかに綻《ほころ》びはじめていて首筋の皺にもぞっとさせられた。

「どうでえ、お千代。明るいうちは薄暗え穴蔵に引きこもってばっかしだからわかるめえが、たまにお天道様の下でてめえの面《つら》をじっくり拝んでみれば、あまりの美相に腰が抜けただろうが」

枡目はあらためて千代の貌をじっと見直して、付け加えた。

「いったいぜんたい、その白癜風。お天道様を浴びねえからだろうがよ、まるで悪い病に当たりやがったみてえで、さすがの枡目様も腰が引けるぜ」

まさに夢から醒《さ》めたような気分だった。己の歳《とし》をいきなり突きつけられ、思い知らされた。嘲笑いながらもその眼差《まなざ》しの奥に幽《かす》かな哀れみを宿した枡目に見つめられて、千代は深く俯《うつむ》いた。身を売る女たちから掠《かす》りをとって生きている間夫《まぶ》以下の男から憐憫《れんびん》の眼差しを受けるとは思ってもいなかったこともあって自尊の心もひどく傷ついた。

枡目は黒い垢《あか》のたっぷり詰まった伸び放題の爪が目立つ指先で頭の横など掻《か》きかきしながらしばらく千代を見守っていたが、派手に舌打ちした。

「わかったなら、今夜からはせいぜい丹念に白粉《おしろい》を塗り込めるこったな」

なにがおかしいのか、枡目はひとりで笑いだし、いきなり千代の顎に手をかけてその顔をぐいと持ちあげると、捲《まく》したてた。

「白粉を塗ったは塗ったは、塗りまくり、ここまで塗るにはうどんの粉が一合五勺、水が八分目よ、玉子を入れたら夜鷹の家主貞良《かすてら》が出来やしょうぜ——ってな」

言うだけいうとしばし笑い転げて、けれどふと真顔になって、いま売り出し中の山東《さんとう》京傳《きょうでん》だ、と呟《つぶや》いた。なにがなんだかわからないが、牛《ぎゅう》にここまで虚仮《こけ》にされようとは思いもしなかった。

唇を噛《か》み締めると、やがて血の味がした。切れた下唇を舌の先で確かめた。ごく間近に枡目の顔がある。枡目は千代の唇から滴る血を見やるとちいさく肩をすくめ、棄《す》て台詞《ぜりふ》を吐いた。

「口が臭《くせ》えんだよ。息すんじゃねえ」

あっさり背を向け、不自由な足を引きずり引きずりして遠離《とおざか》っていく。

千代は冷えきった。冷たい空っ風よりも冷えきって、ところが大儀そうに足を引きずって離れていく枡目の背を見やっているうちに苦く切なく熱い熔岩が背筋を迫りあがってきて頭の後ろで炸裂《さくれつ》した。駆けだす。裾をはだけて呻《うめ》き声をあげて駆けた。

枡目に跳びかかると、不自由な脚を軸にして立って、きれいに蹴りあげてきた。鳩尾《みぞおち》を蹴られて、息が詰まった。前屈《まえかが》みに倒れこみそうになった千代を許さず、その髪を摑んで顔を引き起こすと鼻っ柱に加減せずに肘を叩き込んできた。唇の出血などかわいらしいもので、千代はちいさな竜巻が舞い踊るどぶ臭い地面に転がって己の血に咽せた。

「このべらさくのへっぽこ夜鷹めが。たいがいにしやがれ。せめてその婆《ばばあ》じみた白髪、墨でも塗っておきやがれ」

罵倒の声が降ってきて、千代はそっと鼻先に触れた。若いころは乙に澄ましているなどと揶揄《やゆ》された鼻が左右に動く。どうやら折れたらしい。鼻の穴から血が噴いて、おさまる気配もない。

土の上に拡がった流血はなかなか染みこもうとせず、空っ風に無数の縮緬皺《ちりめんじわ》をつくって揺れて乱れてせわしない。長屋と長屋が貼りつくように接しているせいか、抜けていく風は筋目をつけられたかのように居丈高で素早く、漠とした畑地に吹きすさぶ風よりもよほど鋭い。

乾ききった地面から虚ろな顔でどうにか立ちあがると、もう枡目の姿はなかった。裏店の夜鷹たちがちいさく戸口を開いて様子を窺《うかが》っていた。申し合わせたように皆、小莫《こば》迦《か》にするような笑みを泛べて千代を見ていた。

地面を向く。血まじりの涎《よだれ》を幾度も吐いているうちに嘔吐《おうと》しそうになった。いまごろになって鳩尾に入った蹴りが効いてきたのだ。ここで戻しでもしたら、いっせいに姦《かしま》しい笑い声があがるだろう。だいいち、ここのところ客の附《つ》きが悪く、吐いてしまえるほどに立派なものも食べていない。口を真一文字に結ぶ。そっと鬢に触れる。

さて、この白髪、どうしたものか。まさか枡目の言うとおり、墨に浸すわけにもゆくまい。鉄漿《おはぐろ》で白髪を染めると見栄えもましだと聞いたが、千代はあの臭いが苦手で、それを頭に塗って一晩も抛《ほう》っておくことを思うと投げ遣りな溜息しかでない。

我知らず、両の手で両の鬢を、白髪の目立つあたりを撫《な》でつけるように触っていることに気付き、あわてて手を引っ込める。とたんに女たちの笑いが爆ぜた。

千代は夜鷹たちの底意地の悪い嘲笑を一身に浴びながら、ぶらぶらになってしまった鼻を真っ直ぐに整えようと押さえつつ、地面に落ちた青錆《あおさび》の浮いた粗末な鏡を大儀そうに腰を折って拾ってもどると、血まみれのまま無表情に膝行《いざ》って掻巻にくるまった。

*

それくれえ、ひしゃげたほうが愛嬌《あいきょう》がついていくらいいかしれやあしねえさ——などと背後から枡目が言う。まわりくどい物言いに抑揚はないが、嗤《わら》っているに決まっている。無視して小脇の傘と筵《むしろ》を抱えなおし、それからおもむろに顔を隠した手拭いを剝ぎとる。ゆっくり千代は振りかえった。

「これくらい塗りたくりゃ、家主貞良ができるかい」

青黒く腫れあがった鼻筋を中心に塗り込めた白粉を示して投げ遣りな笑みで問いかけると、枡目は雑に顔を顰《しか》めた。千代は委細構わず畳みかける。

「夜鷹に飼われる牛風情、鷹に飼われる牛とはこれいかに」

「ところが黄色い嘴《くちばし》の鷹だって牛の立派な角を必要にしてるってえわけで、持ちつ持たれつってやつだぜ。ま、仲良くしようじゃねえか」

あまりきつく当たると、質《たち》の悪い客がついて難儀したときに見て見ぬ振りしかねぬし、千代にだけ客をつけぬ算段をしはじめるかもしれない。なによりも鳥目を考えると、独りでは心許ないし、なんだかんだいっても闇夜の商売、問題が起きたときには女の細腕ではいかんともしがたく、枡目の腕力を頼るしかない。千代は煮えくりかえるものを抑えこんで、狡《ずる》く計算して矛をおさめる。

一瞬、千代の笑みに疑り深い眼差しを投げはしたが、枡目は割り切りをみせ、すっと千代の傍らにやってきて、耳打ちするようにしてひとこと囁《ささや》いた。

「すまん」

「——いいんだよ」

「昔を引きずっちゃあなんねえよ」

昔とは千代の鼻を折ったついこのあいだの強烈な肘鉄砲のことか。それとも軽井沢宿で評判をとっていたころのことか。そうだね、と曖昧《あいまい》に頷《うなず》くと、千代の耳朶《みみたぶ》を舐《ねぶ》りそうなくらいに唇を近寄せてさらに囁いた。

「なあ、お千代。おめえはいまでも震いつきたくなるほどいい女さ」

あらためて本所吉田町に流れてきたばかりのころを反芻《はんすう》する。あきらかに枡目は千代に懸想していた気配があった。あのころの千代にしてみれば枡目など眼中にないといったところであったが、あのときに許しておけば、もうすこしましな扱いを受けていたのではないか。

苦笑が湧き、それをすっと手拭いで隠し、木綿布で区切られたせまい夜を凝視する。藍よりも黒く、だが、黒といいきれぬ深みがある。闇の色といってしまえばそれまでだが、千代にとってもっとも馴染み深いこの夜の色をあらわす言葉がない。いっそのこと、この闇に溶けて消え失せてしまいたい。

億劫《おっくう》で、気怠くて、そろそろ支度しやがれと枡目に荒けない声をかけられるまで掻巻をかぶってぐずぐずしていたら、申《さる》の方角からとどく回向院《えこういん》の入相《いりあい》の鐘がいつもよりくっきりはっきり聞こえて厭《いや》な気分になったが、案の定すっかり暮れたいま、抜けていく風は氷の刃《やいば》じみた鋭さで突き刺さる。こんな凍《い》てつく夜にも奥底から迫りあがるものをもてあました男が女を求めるということが信じ難くもあり、ひどく滑稽《こっけい》でもある。

背後では枡目が夜鷹たちに田舎小僧《いなかこぞう》の就縛《しゅうばく》と獄門を講釈じみた口調でおもしろおかしく語り聞かせている。大名屋敷ばかりを狙って盗みを重ねていた盗賊も、この十月下旬、ついに晒《さら》し首となって御陀仏《おだぶつ》、一巻の終わりという一席であるが、訥々《とつとつ》とした口調ながら、妙に弾《はず》むようなところがあるので意外に聞けてしまう。

田舎小僧が十二月十五日の火事、つまり昨日、芝新町から出火して田町の二丁目まで焼け落ちた話に変わったころ、両国橋で隅田川を渡った。右手にある橋番所の馴染みの橋番に枡目が橋銭ではなく、心付けをわたす。案の定、橋番が大口をあけて笑う。千代はこの橋番の醜い乱杙歯《らんぐいば》が大嫌いだ。

橋の西詰に拡がる両国西広小路は、昼間は茶屋や料理屋、屋台見世が並んでいて大賑わいであるが、夜が垂《た》れこめると草木も生えぬ漠とした荒れ野に見える。

所詮《しよせん》、俺は真四角な貌した無宿人にこの身を雁字搦《がんじがら》めにされて上前を撥《は》ねられる身分――そんなことを思うと、広小路の昼と夜の落差が身に沁《し》みる。

いまでも千代は胸の裡《うち》で自身を呼ぶときは俺を遣う。軽井沢の宿の飯盛は誰もが俺で、なになにだんべえ――と、江戸っ子からだんべえことばと嘲笑される物言いをした。

まわりの夜鷹たちも千代に負けず劣らずの田舎者のくせして、すこしだけ早く江戸に出てきたというだけで、遅れてきた千代を軽んじて底意地の悪いことばかりする。なまじ俺の器量がよかったから、よけいに虐げられたんだんべえ――。

千代の口許に泛んだ薄笑いを、わざわざ覗《のぞ》きこんできた腰の曲がった大年増の夜鷹が薄気味悪いものでも見るかのようにして、ついでに痰《たん》を吐きかけてきた。誰彼かまわず突っかかる大年増だったが、とりわけ千代にはきつく当たる。千代は唐傘と筵を投げ棄て、頰を汚したやたらと粘る痰をそっと指先で刮《こそ》げとり、加減せずに大年増の向かって右の目玉に捻《ね》じ込む。

地面に転がって、目玉に己の痰をまとわりつかせ、ひいいと弱々しく泣き叫ぶ大年増の声は、まるで鵺《ぬえ》だ。枡目が不自由な脚とは思えぬ勢いで駆け寄った。先にちょっかいだしたのは、こいつだよ――と顎をしゃくると、周囲の夜鷹たちもこの大年増を快く思っていないものだから、いっせいに頷いた。

枡目が提灯をかざして大年増の目をたしかめた。白眼が真っ赤に出血しているばかりか黒眼が白く濁って変色していることを見てとると、首を大きく左右に振った。屈めていた腰を起こすと、提灯をだらりと下げて口をすぼめてから小声で名を呼んできた。

「お千代」

「なんだい」

真っ直ぐ千代の顔を見つめてふたたび首を左右に振ると、枡目は地面にうずくまって力なく呻く大年増に向けて吐き棄てた。

「死ね」

まだ千代のほうが商品価値があるといったところだ。客のつかぬ大年増、このまま消え去ってくれたほうがいい。牛ならではの冷徹な判断だ。枡目は即座に表情をあらため、夜鷹たちにとっとと散って商売に励めと投げ遣りな声を浴びせかけた。

それを潮に夜鷹たちは散開し、千代はまだうずくまっている大年増を見もせずに、暗がりに潜りこんだ。

しばしあいだをおいて、ちょっちょっちょっ——とあちこちから化鳥《けちょう》じみた客引きの声があがり、女たちは凍えた夜のなか、疎《まば》らに行き交う男に群がった。

千代はやる気をなくして、ぼんやりした足取りで川岸に歩いた。大川端《おおかわばた》をあがっていくと、幾度も胴震いがおき、自《おの》ずと首を竦《すく》めた亀になった。亀になっていれば首筋の醜い皺も見えないだろうと己を嗤う。

薄鼠《うすねず》の木綿小袖だけではさすがに凍える。もともとは白かった、けれどいまではやはり薄鼠めいた色に汚れてしまった模造の桟留《さんとめ》の帯が容赦なく吹きすさぶ北風に嬲《なぶ》られ煽られて、背後でせわしなく揺れる。今年もあと少しだというのにこの有様だ。心底から切なくなってきた。このままどこかに消えてしまいたい。けれど行くあてなどない。

「おい、お千代」

　空耳か。立ち止まる。

「おい、お千代、お千代」

「なんだい」

と、気怠く振り返ると、枡目が男を連れていた。罪滅ぼしのつもりであろうか、客を拾ってきてくれたのだ。千代は無意識のうちにも手拭いを引っぱって完全に顔を隠し、男を見もせずに言う。

「お生憎様《あいにく》。今夜は気が乗らないねえ」

「また、そういうことを」

枡目の目の奥が笑っている。千代の拒絶を勿体《もったい》つけの手管であると思っているのだ。

「本気だよ。あんたが自慢の穴《けつ》の牛蒡《ごぼう》の切り口で相手してあげたらどうかねえ」

「また、そういう厭味銀山《いやみぎんざん》を」

　千代はふっと息をつく。夜鷹が客を選んではお仕舞いだ。枡目に目顔で礼を言う。枡目は満足そうに頷き、男に言う。

「こいつは特別 誂《あつら》え、途轍もねえ玉でさあ。じっくり御賞味ってやってですかい」

男の臀《しり》を押すようにして千代の横に押しやると、あっさり踵《きびす》を返した。千代は手拭いの陰から男を窺う。中間《ちゆうげん》かなにかだろう。下膨《しもぶく》れた剽軽《ひようきん》な顔をしている。けれどさりげなく背を見て、用心しなければと己を戒めた。主家の紋ではなく、鎌を上に、輪っかの中にぬの字が染め抜かれている。かまわぬ——の洒落《しやれ》で、なにをしてもかまわぬという渡り者の開き直りの表明である。あらためて塗りの剝げた脇差に視線を投げる。千代の視線に気付いたのだろう、男が軽い声をかけてくる。

「おのしゃあ、いつもこのあたりで見世を張ってるのかい」

軽い声にあわせて、軽く頷く。

「冷《つ》べてえなあ。声くらい聞かせやがれ」

「ふふ」

「お、色気取りやがって、たまらんな」

見あげるような影が川端の左にある。横倒しになった巨大な桶《おけ》で、時折使わせてもらっている。遣り取りが面倒なので袖口を引っぱって潜りこむ。うわぁ、味噌臭《みそくせ》えと男が呻きに似た声をあげる。北風を避《よ》けるには、ここがいちばんだよ——と委細構わず千代は筵を敷く。唐傘をひらいて、桶のなかを覗かれぬよう按排《あんばい》する。傘は雑な夜鷹ではないという見栄だ。

「ま、烏賊《いか》臭えことすんだから、味噌臭えくれえ堪《こら》えるか」

「おまえ様は物のわかった方だねえ」

「真っ暗けのけで、おのしの面が見えねえのが寂しいなあ」

「見ないほうがいいって」

「ふん。わかるんだよ。おのしは、悪くねえよ。なかなかだよ」

甘言を弄《ろう》しているだけかもしれぬ。だが傷ついた心に沁みいって悪い気分ではない。わざと投げ遣りに言う。

「年増も年増。暗くてほっとしてるのさ」

「ま、なんでもいいや。ほれ、扱《しご》け」

千代はそっと触れて手管を用いる。即座に起きだしてなかなかに手に余る。見事だねえと囁くと、世辞に賢いなあとちいさく笑う。千代が横になって、さあきな——と声をかけると即座に重なってきた。

鎌に輪っかにぬの字だったので当初は構えていたが、無体なことをするでも求めるでもなく、面倒のないよい客だ。枡目のよいところは客を見抜くのに長《た》けていることだと夜鷹たちも声を揃《そろ》える。それだけは取り柄だ、と千代も思う。男がせっせと動くのを妨げぬよう体勢をとり、せいぜい悦《よろこ》ばせようと甘い泣き声をあげてやる。

「お、おおう、こりゃ悪くねえ。ところで、おのしゃあ」

「なんだい」

「お千代ってえのか」

「そうだよ」

「鷹の名にお花お千代はきついこと――ってえやつじゃねえか」

「よしとくれよ」

醒めた声で返すと、すまねえと一言かえして、ふたたびせっせと仕事をはじめる。適当に声をあげてやりながら、胸の裡で舌打ちする。お鼻落ちよ――夜鷹の梅毒病みを嘲笑った川柳だ。千代自身、辻君《つじぎみ》に立つときの名を変えようかとも思ったが、なんとなく意地になってそのままだ。

男は必死だ。そのわりに長保《ながも》ちで、退屈しはじめた千代は胸の裡で追分節を唄う。

碓氷《うすい》峠《とうげ》の　権現様は
わしが為《ため》には　守り神

浅間山さん
なぜ焼けしゃんす
裾に三宿
持ちながら

唄っているさなかに、ふと違和を覚えた。陰穴《いんけつ》の奥がちりちり痛むのである。いまだかつて覚えたことのない痛みで、いやな予感が掠めた。

お花お千代——。

あわてて思いを打ち消して、とにかくとっとと男を果てさせてしまおうと手練手管を惜しまず用いる。

男は充分に満足し、鎌に輪っかにぬの字だけあって粋がって過剰な心付けまでおいていった。男が立ち去ると、様子を見にきた枡目が提灯を高く掲げて闇を透かし見るようにして桶の中を覗きこんできた。

「どうでえ」

「うん」

「どうした」

「ねえ、ちょいと」

脚を拡げたかたちのまま手招きすると、枡目がわざとらしく咳払《せきばら》いする。

「尋常でねえよ。あいつで、その気になっちまったのかい」

「そんなんじゃないさ。浅草紙」

「ん」

わたされた灰色の漉《す》き返し紙を用いて提灯の朧《おぼろ》で黄色い光を浴びながら、これ見よがしに軀《からだ》の後始末をしてみせ、誘う。

「ほら。これで鎌に輪っかの跡形もなくなったよ。容色萎《な》え萎えの、もはや終わってしまった俺じゃ、いやかい」

俺と言ってしまったことに気付いて、口を押さえかけたが、枡目は気づきもしない。前屈みで首を伸ばせるだけのばして千代の隠処《かくしどころ》を透かし見て、不審げに呟く。

「いやもなにも、なぜ――」

「野暮なことを言いなさんな。いやなら閉じるまで」

そぶりを見せると、凄《すご》い勢いでのしかかってきた。お千代、お千代と連呼して、見るからに夢中だ。やはり、痛む。軀の中になにか出来物《できもの》が顔をだし、それがいちいち枡目の動きにこすれ、引っかかっているようだ。

初めのうちは痛みに耐えて調子を合わせていたのだが、ふしぎなことに好《よ》くなってきた。女の好さを味わうのは、ずいぶん久々だ。ついつい枡目に合わせて揺れてしまう。

千代が演じているのではないことに気付いた枡目がいったん動きを止めて凝視してきた。千代が啜《すす》り泣いてせがむと、いままでの思いの丈をぶちまける勢いで暴れだした。

やはり奥がちりちり痛む。

万が一、唐瘡《とうがさ》——梅毒ならば、独りで罹《かか》って苦しむのは耐えられぬ。鼻を打ち毀《こわ》した枡目にお裾分けだ。そんな毒々しい気持ちが湧きあがって抑えがきかぬ一方で、なにがどうしてこんなに好いのかと己で呆れるほどに乱れに乱れ、枡目が果てるときは、それに合わせて気を遣《や》って、あたり憚《はばか》らぬ大声をあげた。

＊

昼なお昏い六尺一間半にこもっていては、いかに矯めつ眇めつしようとも、あれこれ噂《うわさ》に聞いた唐瘡の症状、たとえば最初に陰門周辺に痼《しこ》りができるというが、それを目で確かめることは難しい。指で触れても股の付け根にとりわけ痼りがあるようでもない。罹ったのか、罹っていないのか、中途半端な気分で目の当たりにすることのできぬ内側の痛みに耐えて客を取る日々が続く。もちろん憂き世は甘くない。心の底では罹ったに決まっていると諦めている。どこの何奴《どいつ》に移されたのかは気にしない。稼業柄、いまさらそれを突き止めるのは水母《くらげ》の骨に会いにいくようなものだ。

年の瀬も押し迫り、世間は自棄気味《やけぎみ》に慌ただしいが、夜鷹にとって強まり重みを増すばかりの冷気はおまんまの喰《く》いあげにつながるばかり、けれど暇を幸いとばかりに様子が悪いと枡目に泣きついて辻に立つのを逃げ、今日こそは——と千代は穴蔵に垂れこめる妙な粘りのある薄闇を呪いつつ意を決し、客を取るたびに痛みを覚える奥に指を挿しいれてさぐる。

そこだけ別の生き物で、やたらと熱を秘めてぬめる。さぐるまでもなく、なにやら大豆ほどの大きさの痼りが三つほど感じとれ、どうやら痼りは表面がじくじくに膿《う》み崩れて潰瘍《かいよう》になっているようだ。指先で加減して触れても大きく顔が歪むほどに痛む。

ところが翌日、股の付け根が両側とも大きく腫れあがってきた。なにやら皮膚の下に辛味大根を仕込んだかのように取り澄まして左右対称にこんもり盛りあがっている。大きく腫れているわりにとりわけ熱をもつでもなしといったところ、唐瘡の腫れは痛くも痒《かゆ》くもないと罹患《りかん》した者が投げ遣りに口ばしっていたが、たしかに痛みはなく、ただただ薄気味悪いばかりである。

千代は丹念に腫れを確かめ、痛くも痒くもないのだから気に病むに及ばずと気持ちを切り替え、さらに奥の三つの痼りがどうなったかさぐってみた。昨日よりもさらにじくじくに崩れ、たいそう粘った。糸を引きそうなねばねばは血膿《ちうみ》まじりで魚の腸《はらわた》が腐った臭いがした。

夜鷹に唐瘡は付きものというか、罹って幾年かたって、もはや交わった相手に唐瘡を感染《うつ》さなくなったら夜鷹として一人前などと言われている。

どうしたことか唐瘡は、罹った直後から三年後くらいまでのあいだしか肌を合わせた相手に移らず、夜鷹たちはいわば免疫を得たつもりで軀や顔のあちこちに肉が抉《えぐ》れた深紅の牡丹《ぼたん》の大輪の花を咲かせ、抜け落ちた髪や欠けた鼻など手拭いで隠して商売に励むわけだが、十年もたてば歩くこともままならなくなって必ず気が狂う。そして、死ぬ。

俺の寿命はあと十幾年といったところか。胸の裡で呟いて、これから十年も生きると思うとぞっとして身震いする。それこそ唐瘡と無関係に気が狂いそうだ。その一方で、死にたくないという思いも強い。狂乱した浅間のお山の大噴火からもうまく逃げのびたのだから、なんとかならないものかと身悶《みもだ》えした。

やがて、のたうちまわるのにも疲れ、俯き加減で目頭を揉《も》んだ。ぢんぢんと沁みた。そして気付いた。先ほど痼りに触れて、そのねばねばがまだ残っている指先で目頭をきつく揉んでしまったのだ。

ぎくりとしたが、もうとっくに罹っているのだから、いまさらだ。ちいさく抑え気味に苦笑したはずなのに、やがて笑いは爆ぜて莫迦笑いの高笑いとなってしまい、喧《やかま》しいと隣が烈しく壁を叩いてきて、てめえが鼾《いびき》のほうがよほど五月蠅《うるせ》えと返して叩き返すと、その振動で煤《すす》と細かい埃《ほこり》が舞いおち、黴《か》びた臭いが漂った。

虚脱した千代は、枡目を思う。枡目の遣り口はよく知っていた。あれで悧巧《りこう》だから夜鷹に落ちてきた直後の女にしか手をださないのだ。もちろん唐瘡を恐れているからだ。そんな枡目が抑えきれなくなって千代を抱いてしまったのである。よほど懸想していたということだ。

千代はふてた笑みを泛べる。しばらくすれば枡目にも症状がでて、大騒ぎするはずだ。千代は知らぬ存ぜぬでとおすつもりだが、たとえ自分が原因と悟られても、罹ってしまえば治す方法がないのだからどうということもない。あの真四角な顔から鼻が欠け落ちてしまえば、完全無欠な枡目に成りさがってしまうではないか。そのときは指差して嗤ってやろう。鼻を肘鉄で潰されたのだから、それくらいしても罰は当たらぬ。

あれ以来、枡目は亭主面するわけでもないが、あれこれ濃《こま》やかな心遣いを見せてくれている。ときに物欲しそうに見つめてくるが、千代がとぼけていると、さっと割り切っていつもどおりに対処してくる。だから他の夜鷹たちは枡目と千代のことは一切気付いていない。気付けば嫉妬や猜疑《さいぎ》から一悶着《ひともんちやく》あるはずだが、おかげでよけいな面倒を引きこまずにすんでいる。根はいい奴《やつ》なのだ。

それにしても、唐瘡に罹患したことよりも復讐の快感のほうがまさっているのだから、俺は相当に歪《いびつ》なのだろう——と、すこしだけ悲しくなった。

けれどそんな弱気は長続きせず、千代は大欠伸《おおあくび》する。目尻に浮いた涙を中指の先でこすりこすりしながら、枡目などとっととくたばっちまえと口の中で冷たく呟く。飯盛女の身の上にも狎れるし、火を噴くお山にも狎れるし、夜鷹にも狎れるし、唐瘡の身の上にも狎れる。俺にとって生きるということは、狎れるということだ――。そんなことを思ううちに、俺も一端《いっぱし》なことを吐《ぬ》かしてる、と己を嘲《あざけ》るような笑みが泛ぶ。

＊

甘かった。己が身で唐瘡に罹った女はふたつに分かれると知らされた。ほとんど自覚するものがなく、つまり痛くも痒くもなく気付けば肌が裂けて牡丹の花が咲く者。そして罹患してたいしてたたぬうちから七転八倒して苦しむ者――。

二進《にっち》も三進《さっち》もいかなくなったのは、狙い澄ましたように十二月三十日、大晦日《おおみそか》だった。その少し前から、ふと触れた眉の毛がぞろりと抜け落ち、両股に居座った腫れは大瘡と呼ぶにふさわしい巨大さに成長し、しかも闇夜でも客に気付かれるであろう腐臭を放ちはじめて腐爛《ふらん》した。しかも、ただ腐れ爛《ただ》れるだけならまだしもずきずきしくしく痛みとも疼《うず》きともつかぬものが居座って、ところが大晦日には陰門の内も外も烈しく痛みだし、なにが難儀といって小用を足そうとすると呻きを抑えられぬくらいの刺し貫くがごとくの痛みが疾り、また両股に居座った大瘡が尻の穴にまで拡がって、それが圧迫するせいだろうか、ここしばらくまともに排便することが敵《かな》わずに秘結《ひけつ》——便秘が続いていたが、総後架《そうこうか》にしゃがんで前屈み、必死に息んでいたら、ついに烈しく鮮血がほとばしった。それは軀中の血が流れ落ちたがごとくで、しゃがんだまま胴震いし続け、一刻ほども臀を寒風にさらして立ちあがることもできなかった。

明けて正月元日は雲が流れないでもなかったが、まずまずの晴れ間だった。昼九ツ近くに千代は抜き足差し足内股で、恐る恐る総後架にこもった。痛みが怖く、小用を足すのを堪えていたのだが、いよいよ限界がきて、正月早々なんてえ様《ざま》だい——と胸の裡で吐き棄ててしゃがんだ。渡された踏み板に爪先立つようにして、たかが小用にこれほど思い煩わされるとはと大きく顔を歪める。でるのは溜息ばかりだが、元日に放《ひ》りだす尿《いばり》は格別の痛みを伴っていた。もはや下腹がかちかちに張り詰めるほど溜《た》まりに溜まっているのだが、意を決してちょろっと洩らしたとたんに、叫びがあがってしまった。陰門に手をかけられて、加減せず左右に拡げられたあげくに引き千切られたかのような錯覚さえおきて、千代は真冬の総後架にもかかわらず苦痛に全身から発汗して、とりわけ地肌を濡《ぬ》らし額から滴る汗は尋常でなく、小便所にもかかわらず小便ばかりか大便で斑《まだら》に汚れた床にぽたぽた音をたてて滴り落ちるほどだった。

けれど押しとどめることも敵わず、ちょろちょろちょろと意に反してか細く洩れ続け、小便に無数の刃でも仕込まれているのではないかといった鋭く刺す痛みが全身に拡がって、もはや腰が苦痛に痺《しび》れだすほどで、千代はしゃがんだままがくがく前後に大揺れに顫えた。あまりの激痛に声を抑えることができずに叫び、呻き続けていると、千代の罹患を悟った夜鷹たちがそれを聞きつけて、ぞろぞろ表にでてきて総後架を取りかこんだ。まだ自覚症状のないらしい枡目も何事かと屠蘇《とそ》気分で頬を赭《あか》らめてやってきて、正月早々皆で総後架を囲んで妙な騒ぎがおきる始末だったが、その喧噪《けんそう》がふとやんだ。

総後架の扉は下半分しかないが無様にしゃがんで身悶える千代の姿は低く、外からはかろうじて見えずにすんでいる。籠《こ》もっている千代にしてみれば、外のことなど斟酌《しんしゃく》する余地もなく、ただただ拳を咬《か》んでしゃがんだ体勢で身をよじり、あられもなく苦痛に泣き叫ぶばかりであったが、それでも外の異変に気付いた。

半扉のせいで総後架の板壁の上半分にだけ射していた陽光がじわりと陰った。尋常でないものを覚えた千代はどうにか額の汗を拭うと、必死で涼しい貌をつくってそろそろと首をのばして外を見た。分厚い黒雲でもでたのか、すっかり昏《くら》い。しかも褐色に沈みかけた地面に漣《さざなみ》じみた影が差し、揺れながら唐突に浮きあがって見え、あきらかに天に異変があると直感した。けれど狭苦しい総後架から空を仰ぐことはできなかった。

もはや誰も千代のことなど見ておらず、揃って天を仰いでいた。小声の遣り取りがとどく。なんだい、これは。お天道様が酉《とり》の方から欠けていくわいな。正月早々おぞましい。ほら卯《う》の方角にたくさん星が見えるよ。いやだよ、真っ昼間だよ。あれは派手だね、明星に大歳《たいさい》ってやつだよ。絵に描いたような凶兆じゃないか。丙午《ひのえうま》だからねえ――。

ふたたびしゃがみこんで顔を隠し、どうにかちょろちょろ洩れ伝う小便をおさめ、目尻の涙を指先でこすり、気合いをいれなおし、すっくと立つ。女共に嗤われようとも我関せずでいくと決め、総後架からでた。

真っ暗だった。

皆、中に逃げ込んで誰もいなかった。独りぼっちでぎこちなく仰ぎ見た空から、いま、まさにお天道様が消え去ろうとしていた。

千代は天を仰いで立ち尽くし、口で息をした。昼をいきなり覆った夜に、白い息が立ちあがる。千代は己が浅間のお山に生まれ変わったような気分になって、大きく息を吸いこむと、あらためて天に向けて白い息を細く長く吐いた。寸時忘れ果てていた隠処の痛みがもどってきて、千代は独りごちた。きっとお山も痛くて苦しく切なくて、こうして息を吐いたのさ――。

もうたくさんだ。なにもかもが、たくさんだ。このまま死ねたら、どんなに楽か。縊《くび》れてしまおうと決めた。ほとんど意識せずに首を吊《つ》るために帯をほどく。大瘡のせいできりきり歩けないのが癪《しやく》であるが、千代は前をはだけたまま薄笑いを泛べて周囲を睥睨《へいげい》する。それでも、枡目が気付いて駆け寄って助けだしてくれるかもしれぬとふと思い、あえて軒下に帯をかける。

天明六年正月元日、日蝕皆既《にっしょくかいき》――。日蝕《は》えつきて、未一刻にふたたびあらわれた太陽を千代がその目で見ることは、なかった。

吉弥

芝居狂言をつとむる戯者《やくしや》ゆえに、江戸に下《くだ》るときには天部様より道中関所手形をだしていただいた——という話を親方から聞き及んだ吉弥は、じつはその江戸行きのときはまだ小童《こわっぱ》に過ぎず、関所手形など不要であったのだが、童同様に手形の不要なそこいらの大道芸人や、手形の代わりに鋸《のこぎり》をみせて関所を抜ける職人たちとは己が別格であると心窃《こころひそ》かに頷《うなず》いたものである。

吉弥という名は当然ながら京は四条中ノ島芝居で売り出した上方の名女方である上村《うえむら》吉弥《きちや》からきたもので、親方が名付けた。もちろん陰間《かげま》としての有り難みを附与するためであり、はったりでもあった。ただ、吉弥と名付けるくらいであるから、ちいさなころからその美貌は抽《ぬき》んでていた。ただし親方の目は鋭く、育つに従って美しさを増していく吉弥に目を細めながらも、張りぼてや——と最後にひとこと、付け加えるのを忘れなかった。それに加えて吉弥吉弥と犬の仔《こ》のように連呼されているにすぎぬのに、なんとも得意げな吉弥に、大仰《おおぎよう》な様子しよって大吉弥かいな——と周囲は嗤《わら》ったが、当人は吉弥と呼ばれるたびに新部子《しんべこ》ながらに芸で天下を取ったかのようなときめきを覚えた。

その初代上村吉弥が四条《しじょう》高瀬川《たかせがわ》橋詰《はしづめ》で売り出した吉弥白粉《おしろい》が大当たりして、以後これに倣《なら》って谷島主水《たにしまもんど》、中村数馬《なかむらかずま》、さらには二世瀬川菊之丞《せがわきくのじょう》といった商魂たくましい戯者連中が元禄《げんろく》あたりから香具見世や油見世などを次々に見世開きした。このころの江戸には戯者の手による化粧の品々等を扱う見世が十八軒ほどにもなった。他にも戯者が己の名を冠して売るものに煎餅、寿司、団子、莨《たばこ》、あげく艾《もぐさ》まであった。

なかには初世尾上菊五郎《おのえきくごろう》のように芝居町で油見世をはじめ、鬢付《びんつけ》油など商って稼いでいたはいいが、出火し、油だけによく燃えて、こともあろうに中村座と市村座の両座に延焼させ、消失させてしまい、市中の人々より菊五郎油見世火事と揶揄《やゆ》されたあげく、江戸にいられなくなり、上方にもどらざるをえなくなったというようなこともあったが、常に初代上村吉弥のことが脳裏にある吉弥は、自分もいつか戯者を退いたときには京に還《かえ》って白粉の見世をもち、芳香につつまれて余生を送りたいという儚《はかな》い夢をもっていた。

その初代尾上菊五郎が天明三年の暮れも押し迫った十二月二十九日に亡くなった。年が明けて、ずいぶんしてからそれを聞いた吉弥は、絶対に油見世だけはやるまいと胸の底で決め、余生はやはり白粉の香りがいいと独りごちるのだった。このとき吉弥、十三歳。本来ならばこれから迎える人生における春に不安と共に胸ときめかせるころなのに、ひたすら余生に思いを馳《は》せる己の不憫《ふびん》さには気付いておらず、日々の唯一の支えが老後の白粉見世の夢であった。

話は前後するが、数えで十になったとき、三寸ほどの檜板《ひのきいた》二枚でつくられた夾《はさ》み板で鼻をはさんで眠らされるようになった。低い鼻のことを、御室《おむろ》の花という。御室仁和《にんな》寺《じ》の桜は丈が短く、地面に這《は》うあたりにも花を咲かす。あれこれ引き言が大好きな親方からは仁和寺の桜いわれたないやろ——と囁《ささや》かれ、さらに耳許《みみもと》で、ねがはくは花のしたにて春死なんそのきさらぎの望月《もちづき》の頃——と吹き込まれた。満足に意味もわからずに沁《し》みいったが、手にした檜板はさんざん使いまわされてきたので無数の鼻梁《びりょう》の側面のかたちが垢《あか》や脂で薄ぼんやりにじんだように刻印されているのが薄気味悪かった。鼻翼や周辺には綿を宛《あて》がっているので痛みこそ少ないが、鼻で満足に息ができないのがつらい。口で息をして眠るとからからに渇いて大層息苦しい。渇きすぎて舌から出血したことさえあった。こんなもんで鼻が高《た》こなるんやろか——と猜疑《さいぎ》の心も湧いた。けれど育ち盛りにしてまだ肉の柔らかきころでもあって、一年もたたぬうちに不思議と乙に澄ました高い鼻ができあがっていき、吉弥自身が目を瞠《みは》った。

見目よき生まれつきではあったが、もともと京は京でも北郊は今道《いまみち》ノ《の》下口《しもぐち》、唱門師《しょもじ》村の生まれであり、村では幸若舞《こうわかまい》などを能《よ》くする者も多く、物心つく前からうっとり見惚《みと》れていたばかりか、いつかは歌舞伎の戯者になりたいと希《ねが》うようになっていた。それはさておき、吉弥にとっては竹林の生えた堤にすぎぬ御土居《おどい》だが、その外、すなわち洛外《らくがい》で生まれただけで不束《ふつつか》なる這出《はいで》と嘲笑されることに理不尽なものを覚え、拗《す》ねた気持ちになるのが常であった。しかし実際に鼻が高くなっていくと、まさに鼻高々といった気分にもなり、洛外者というやっかみもなんのその、柘榴《ざくろ》の粉で肌を磨くのと合わせて自ら進んで夾み板を用いるようになった。

ただ、大好きな芋を一切食えなくなったのはつらかった。もちろん先々屁《へ》を放《ひ》るなどの粗相のなきよう、いまから仕込まれているわけであるが、まだ吉弥にはそれの意味するところがよくわからない。とにかく焼いた鳥や魚、貝でもとりわけ栄螺《さざえ》など、それにとろろの汁や納豆汁などの汁物は肌が臭くなるといわれて一切食することができない。粘りのある汁物などは体臭のことだけでなく、啜《すす》る姿が見苦しく色気に欠けるということもあるのだが、食えないとなると逆に口にしてみたい慾求《よっきゅう》を覚えること再三再四、食べ盛りの伸び盛りにさしかかっていることもあり、ときに涎《よだれ》をたらさんばかりの苛立《いらだ》ちに歯噛《はが》みすることもあった。

「あかんなあ、吉弥。おまえ、ようけ毛ぇが生える質《たち》や。お毛垂《けたれ》くれてやるさかい、ちゃんと剃《そ》るんやで」

眉根を顰《ひそ》めた兄さんが、小莫迦《こばか》にしたような調子で差しだしたちいさな使いこまれた剃刀《かみそり》を押し戴《いただ》いて退出し、周囲に人の気配がないことを確かめて、春めいた光が小躍りしている縁側でそっと鼻の下に当てる。

兄さんは棄《す》てに立つのが面倒だから部屋のなかをひょいと覗《のぞ》いた吉弥を呼び寄せて呉《く》れてやったわけだが、当の吉弥は剃刀それ自体に不安によく似た、けれどあきらかに不安とは異質な気の逸《はや》りを覚え、刃毀《はこぼ》れは目にはいらなかった。

まずは刃物ならではのくすんだ金気臭い青褪《あおざ》めた香りが鼻腔《びくう》に充《み》ちた。一枚だけ後生大事にもっている青銭《あおせん》をきつく握りしめていると、汗に溶けた錆《さび》が匂う。あの香りを連想しもした。次に、じょりと人中《じんちゅう》の肉を抉《えぐ》るような音がして肌が竦《すく》んだ。実際に下膊《かはく》には控えめながら鳥肌が立ち、ちりちりした落ち着かぬ気分だ。もちろん剃刀をもつ掌《てのひら》はひどく汗ばんでいた。

恐る恐るといったふうに息をつき、ところどころ赤錆の浮いた刃を凝視する。しばし目を凝らすと、剃り落とされたごく淡い産毛が思いのほか規則正しく整列していた。それを目の当《ま》たりにしたとたんに、いまだかつて覚えたことのない昂《たか》ぶりにつつみこまれた。自分がいきなり大人になったような浮《うわ》ついた気分で、畏《かしこ》まった膝頭がふわふわゆらゆら落ち着かぬ。ただし悪い気分ではなく、ごくちいさなものではあるが、どこか軀《からだ》の奥底に、生あるかぎり消えることのない仄暗《ほのぐら》い焔《ほのお》が点《とも》った瞬間でもあった。

じつは吉弥、周囲からねんねと嗤われていた。発育がやや遅いのである。おなじ年頃のなかには早くも股間ばかりか腋窩《わきのした》にまで翳《かげ》りをみせはじめている者もあったが、吉弥の隠処《かくしどころ》はつるつるだ。まだ欠片《かけら》も色気づいていないのである。ただ、つるつるであるが故に逆に気がまわらず、顔など生まれてこの方一度も当たったことがなく、だから光の加減によっては産毛が靄《もや》ったように逆光のなかに浮かびあがる。兄さんは、そんな乳臭い吉弥を見咎《みとが》めて嗤ったわけだが、裏読みができるほどの才覚も経験もない。言葉を額面どおり受けとる吉弥であった。

兄さんらは軽く小指を立てて巧みに剃刀を操り、頬や額を当たり、眉を揃《そろ》える。最後の決めは、申し合わせたように居住まいを正して鏡のなかの己をぐいと睨《にら》み据え、遺漏がないかを確かめる。吉弥はその手順を脳裏に泛《うか》びあがらせ、反芻《はんすう》し、手つきまで事細かに真似《まね》て、鏡のなかの己の顔を整えることに夢中になって、ふと気付くと顔中血塗《ちまみ》れだった。あまりのことに畏まっていた膝も崩れ、途方に暮れていると、いきなり背後から頭をはたかれた。

「こりゃ。うたびらかいとるんやない。大吉弥が泣いとるで」

男のように胡坐《あぐら》をかいていたことを窘《たしな》められたのだが、それどころではない。おそるおそる血だらけの顔で振り返ると、親方は、ひゃぁ――と女でもださぬような黄色い声をあげて軽く仰《の》け反り、けれどすぐに腰を折り、しげしげと吉弥の顔を覗きこんできた。しばし吉弥の顔を見つめていたが、黙ってその手の剃刀を取りあげ、ちいさく溜息《ためいき》をつき、黙って背を向けた。吉弥も茫然《ぼうぜん》自失のまま黙って親方の背を見送った。

*

江戸における陰間茶屋の発祥の時期は判然としないが、折々あれこれ引いて蘊蓄《うんちく》を傾けたがる親方に言わせれば、元禄のころだという。そろそろ百年や。年期がちがう――と普段のなよっとした調子を棄て、妙に威張った口調に得体の知れぬ笑みをかぶせる。なにしろ出合茶屋のかたちをとる前、すなわち百三十年ほども以前に前髪立ちの美童が演じる若衆《わかしゆ》歌舞伎が禁じられたのは、あまりに売色がおおっぴらだったからだそうだ。

鈍いところのある吉弥は、じつは親方の自慢の意味を摑《つか》みかね、迎合の笑みを泛べるばかりだった。ともあれ初期の女歌舞伎以来、芸と売淫を兼ねる歌舞伎戯者というものは上方から興り、西からじわじわと東に至って現在の江戸の陰間茶屋の隆盛をみることとなったといってよい。狂言戯者を育てるためと称して吉弥のように小童のうちから預かるのも上方ではじまったことである。

ところで江戸における陰間茶屋は百年以上続いているにもかかわらず、陰間のほとんどは京の出身であった。酒ではないが、上方からの、いわゆる下りが最上とされ、江戸にかぎらず東国の子供は無骨故に陰間には不向きとされた。だから少数ながらも存在した江都《こうと》近在出身の陰間は新下りなどと称されて区別され、軽んじられた。それこそ不束なる這出――ぽっと出の田舎者の子女が吉原にてありんす言葉を仕込まれて出身を不分明にしてしまうのとちがい、東国で育った者に京言葉を仕込んでも、どうにも細かい風情情趣が醸しだされず、いかに美童であっても客には粗雑に映ってしまい、売り物としては下手物《げてもの》、親方としても売れぬものを後生大事に育てるはずもなく、たとえ御土居の外であっても京言葉が身についた吉弥のような顔立ちの整った子供が珍重された。

肝心の吉弥だが、ねんねという以前に阿房《あほう》と決めつけるのもはばかられるが、どこか大きく間が抜けているとでもいうべきか、兄さんが快楽《けらく》を演じてあげるわざとらしくも異様な嬌声《きょうせい》をさんざん耳にしているにもかかわらず、そればかりか薄闇のなかで蠢《うごめ》き絡みあう男同士の裸体を幾度か目睹《もくと》しているにもかかわらず、あるいは菊座《きくざ》こと後門《こうもん》を拡張するおぞましげな道具などを手にとってしげしげと確かめたりしているにもかかわらず、陰間茶屋の大切な客である僧侶に粘っこい値踏みの眼差《まなざ》しを注がれているにもかかわらず、そろそろ数えで十二になるというのに、吉弥は素直に戯者になれると信じこんで鼻を高くすることにいそしみ、肌を磨き、陽《ひ》にあたらぬよう気配りし、放屁《ほうひ》せぬようあれこれ食べることができぬのも戯者の行儀であると思いこんで露ほども疑わず、いかに糸に乗るか、あるいは巧くギバをこなすにはどうすればよいかと頼まれもせぬのにあれこれ工夫し、周囲の苦笑嘲笑をものともせずに思い入れたっぷりに気味合《きみあい》を演じ、京舞の修業など夢中になりすぎて師匠から煩《うるさ》がられるという有様、ときに憐《あわ》れみの眼差しさえ注がれるほどであった。

というのも一時は人形浄瑠璃に押されて、歌舞伎はあれども無きがごとしと評されるほどに衰退していたが、天明に至って、人形浄瑠璃の衰えと、その人形浄瑠璃からあれこれ貪慾に吸収した結果、歌舞伎は最盛期を迎えようとしていた。ところが芸としての絶頂を迎えつつあることが吉弥にとっては不幸の始まりであった。つまり生半《なまなか》な才ではとても舞台に上がることなどできぬ時代が到来していたのである。しかも昨今は陰間茶屋大流行《おおはやり》の大繁盛にて、もはや頭数を揃えることに主眼がおかれ、舞台に上がれる見込みのある陰間などほとんどいなくなり、たとえば市村座や中村座の大夫《たゆう》お抱えになれるのは狭き門をくぐることのできた真に芸の見込みがある子供のみで、いかに芸事に邁進《まいしん》しようとも吉弥程度の才では如何《いかん》ともしがたいという現実があった。客のほうも往事のごとく舞台に立つ子供らを色情のこもった眼差しで品定め——といった面倒を省きたがる今日このごろであった。

つまり吉弥にかぎらず、いま陰間茶屋で育てられている子供たちは端《はな》から売笑目的に買われ、あるいは攫《さら》われて京とその近在から連れてこられたのだった。そればかりか、たとえ戯者の才があったとしても、天明年間に至って、舞台に上がっていては客の招きに即座に応じがたいこともあり、またいちいち戯者の体裁を整えるとなると衣装代等がかさむため、戯者修業は御題目だけで、当初より衆道《しゆどう》の商いのために顔を、軀を作り替えられるようになってしまっていた。

そもそも陰間はおおまかに舞台子《ぶたいこ》と陰子《かげこ》にわかれた。もともと陰子は歌舞伎における女方として修業中のまだ舞台にあがれぬ子供のことで、当然ながら修業のなかには男と寝ることも暗黙のうちに含まれ、必須であった。ところが陰間の隆盛と共に陰子は文字通り陰に置いておくものの謂《いい》に成りさがり、一生陽の当たる場所に出ることはできぬという意味合いが強まってしまった。舞台子はたとえ賑《にぎ》やかしの端役であっても舞台に立てる若衆を指す。けれど親方はたとえ子供といえども陰子と称されればいじけた心根を抱くであろうと、あえて芸が未熟にしてまだ舞台に立てぬ子供を指す新部子の称を吉弥たちに用いているのであった。

もちろんほとんどの子供は己がなにをせねばならぬかを薄々悟ってしまい、けれど十二歳になるまでは鼻を高くすることから歌舞音曲《かぶおんぎよく》の修業まで、曲がりなりにも戯者修業めいたあれこれをこなすわけで、男色修業がはじまるまでは己の身の上に対して現実味をもてぬのは吉弥と五十歩百歩であった。逆にいえば、吉弥とて菊座に対する直截《ちよくせつ》な修業がはじまれば否応《いやおう》なしに己の身分と立場を悟らざるをえないのであった。

数えで十二になった春、親方は吉弥に仕切り役の男をつけた。京上方では陰間の日常を取り仕切り、供をする男を金剛《こんごう》といういかめしい名で呼び習わしていた。藺《い ぐさ》でつくった丈夫な金剛草履《ぞうり》を履いているからだが、粗略な江戸の巷《ちまた》では野郎まわし、あるいは野郎を略して単にまわしと呼ぶ。

吉弥についたまわしは歳《とし》のころがそろそろ三十路《みそじ》かと思われる陰間あがりで、すなわち化間《ばけま》と呼ばれるあたり、通り名を陽明《ようめい》という。じつは当人も己のほんとうの名と正しい歳を知らなかった。近衛大路《このえおおじ》は大内裏《だいだいり》の陽明門跡にほど近いあたりに棄てられていた赤子だったからである。御土居の内と外の違いはあれど、吉弥の生まれたところとごく間近だ。わざわざ拾われて育てられたほどだからじつに整った顔立ちではあったが、ひどく陰気なところがある男で、陽明という名は願望があらわれたものか、当て言か、といったところだった。

吉弥たち男娼《だんしょう》見習いは子供と呼ばれ、子供屋に抱えられていた。堺町《さかいちょう》や葺屋町《ふきやちょう》、木挽町《こびきちょう》のいわゆる芝居町の子供はあくまでも芝居の大夫お抱えであるから、売淫から逃れられぬ宿命ではあるが、こんな時代であっても格別に才が抽んでてさえいれば舞台に立つこともでき、たとえ芝居に出ずとも売淫のときは舞台子並みの扱いを受けた。

けれど芝居町と目と鼻の先といったあたりであっても芳町《よしちょう》などの子供屋に属する者は、たとえ芝居に出ることができても、それは櫓《やぐら》を許されぬ簡略にして客席の上に屋根さえない百日芝居——宮地《みやじ》芝居であり、本舞台ではあらざるがゆえに格落ちにすぎず、皆、陰子とされた。

もっとも昨今では芝居云々《うんぬん》といった体裁もほぼ崩れてしまって、前述のとおり芳町の子供屋に属する吉弥は芸事を仕込まれはしても宮地芝居に出演する程度の戯者にもなれず、それというのも歌舞伎の隆盛と共にあぶれた大芝居の中堅役者が稼ぎのために宮地芝居にも出演するようになり、その質的向上めざましく、もはや芳町の陰子など毛ほども出る幕がなくなってしまったのであった。ゆえに吉弥のような子供はいわば純粋な男娼見習いであり、芸事などは二の次三の次、いかに同性を、ときに女を悦《よろこ》ばせるかを仕込まれていくこととなる。

＊

天明三年はあちこちから不穏な声が届く年であった。一月は奥州路の豪雪地帯に一片の雪さえない暖冬であったにもかかわらず、四月には冷たい北東風《やませ》が吹きすさび、霜が降りた。大饑饉《だいききん》の前兆である。もちろんそんなことは一切与《あずか》り知らぬ吉弥の身にもじわじわと不穏が迫っていた。

五月下旬、いかにも梅雨の晴れ間といった蒸す日の夕刻、吉弥は陽明に命じられて前髪を整え、初めて振袖を着、顔には白粉、頰と唇には鮮やかな紅をさした。化粧は初めてではない。もともと興味も強く、兄さんらから手ほどきも受けていた。けれど衣桁《いこう》にさりげなくかけられた浅葱縮緬地御所解文様《あさぎちりめんじごしょどき》、白揚げに金糸銀糸の繡《ぬいとり》仕上げ——と抑えが効いていてなおかつ煌《きら》びやかな振袖にはくらっときて胸が高鳴った。

仕上げに陽明が眉墨を使ってくれた。吉弥の前に膝で立ち、いかにも繊細な手つきで眉を整えて、大きく頷いた。着付けのときの陽明の手つきは色欲のにじんだじつに危ういものであったが、ねんねの吉弥は気持ちが昂ぶり、舞いあがるばかりで、まったく気づきもしなかった。帯は紅地に海浦《かいぶ》文様の丸帯、一丈二尺を片輪奈《かたわな》に、だらりと唐犬耳《からいぬみみ》に垂れさがらせたいわゆる吉弥《きっちゃ》結び、それに気付いた吉弥は感極まって顫《ふる》えた息をついた。陽明は跪《ひざまず》いたまま矯《た》めつ眇《すが》めつしてあちこち手をいれ、仕舞いに紫 帽子《むらさきぼうし》で剃った前髪をそっと隠してくれた。

陽明は月代《さかやき》が青々として痩せぎすで胸板が薄く、奇妙に長い手指が骨張った、いかにも陰間あがりといった様子の男だった。陰間だったころは斜視気味の眼差しが春心《しゅんしん》を擽《くすぐ》ると評判をとった。爪の手入れに余念がないというか、異様な執着をみせる。鑢《やすり》で縦筋まで削って整え、舞台化粧に用いる砥《と》の粉《こ》と白粉を混ぜたもので丹念に磨きあげて仕上げる。綺麗《きれい》でかたちのよい艶々した桃色の爪に、半月がすべて揃っているのが窈かな自慢だった。半月は、はにわりと読む場合もあり、それは半陰陽《ふたなり》を示す。そんなことを傍らで爪の手入れを見守るねんねの吉弥に、ときに憑《つ》かれたようにお喋《しゃべ》りすることもあったが、普段はおおむね言葉少なであった。

田沼意次《たぬまおきつぐ》の時代であった。ゆえに陰間といえども道行くときにいちいち編笠《あみがさ》で顔を隠さずともよく、まだ明るいので陽明は火のはいらぬ大きめの小田原提灯《ちょうちん》をさげ、軽く小首をかしげるようにして吉弥を先導する。時折、ちらと振り返って吉弥の様子を確かめ、口の端を歪《ゆが》める。満足の笑みであったが、なにやら期せずして悪巧みをしているかのような顔つきでもあった。ともあれ仕込まれたとおりにしゃなりしゃなりと若干内股で、控えめに京仕込みの木履《ぼっくり》に似せた下駄《げた》を鳴らす初々しい吉弥の美貌は道行く人々の注目の的で、当人は一世一代の晴れ舞台といった舞いあがりかたであった。

別段、用事があったわけではない。仕込みにあたって陽明は、まずは吉弥によい気分を味わわせることとしたのだ。今後与えられる責め苦から脱落せぬよう、よい思いをさせておき、よき思い出をつくりあげておくことにしたのだ。それは陽明自身が通ってきた道でもある。陽明も見られることの快を肌に灼《や》きつけられてしまったおかげで、しかもそれは子供買いの因果な視線ではなく、街中のごく普通の老若男女の、いわば芝居や戯者に憧れる賛美の視線であったから、捨て鉢な棄て子にもかかわらず強固な自尊の心が芽生え、うちは誰よりも味濃いし、美《うつ》やかや——と胸の裡《うち》で念仏のごとく唱え続け、噛《か》みしめすぎて奥歯がぐらぐらになってしまうほどの陰間修業にも耐えることができたのである。だから子供屋をでると、さしあたり衆道買いの男たちが群れるあたりを避け、小網町《こあみちょう》二丁目横町を抜け、小網富士にむかう。

小網富士は最近つくられたばかりの富士塚で、富士山から運んだ熔岩《ようがん》でつくられた小山といったものだが、長雨に退屈していた好き者が群れているであろうという読みである。もちろん吉弥の恰好《かっこう》では登るわけにもいかぬが、要は周囲の目を惹《ひ》いて吉弥の自尊の心を充たせばよい。それに五十年ほど前に身禄《みろく》という行者が富士山吉田口七合五勺烏《え》帽子《ぼし》岩《いわ》で断食修行のあげく入滅してから、富士講は急速に信者を増やしていた。身禄と弥勒《みろく》の語呂合わせなど陽明にとっては噴飯物だが、この信者には思いのほか商人が多く、それはそのまま最近とみに上客となりつつある裕福な商人に重なっていた。

陰間茶屋の上客は、なにを差し措《お》いてもやはり僧侶であるが、退廃漂う時代である。周囲の目も甘くなって、坊主共も平然と女を買い漁《あさ》るようになっていた。結果、陰間茶屋から微妙に離れつつあり、坊様がけつをするのも古風なり——といった戯句が巷で流《は》行《や》っているほどであった。逆に試みて嵌《は》まり込んでしまうのが女を知り尽くした富裕な商人であり、一本気に陰間を好むのが昔から男色の気風が強い一部の武士であった。そのため芝神明《しばしんめい》社門前には坊主と侍目当ての陰間茶屋が密集していて、増上寺《ぞうじょうじ》一門の僧侶と三田の薩摩《さつま》屋敷の侍が群れていた。薩摩はどこよりも男色の伝統が強く、けれど田舎者ゆえ、遊びというよりも真剣味が強く、念契《ねんけい》云々で騒ぎをおこすことも多く、垢抜けぬということで芳町などでは敬鬼神而遠之——敬して遠ざけるといったところだった。陽明は親方と相談して商人の上客を多数囲い込んでしまおうと画策していて、吉弥の顔見せにはそういった目論見《もくろみ》も含まれていた。

陽明の読みどおり、小網富士の周辺には真剣に富士講を信じている者、ただの冷やかし暇つぶし、ようやく晴れ渡ったのだからすこしでも見晴らしのよいところというわけで、老若男女種々雑多な者どもが群れて露店まで立つ始末、そこに場違いではあるけれど、やたらと艶《あで》やかな吉弥の登場である。黒々とした熔岩の小山が一応は信仰の対象であると諭《さと》されている吉弥が伏し目がちに神妙に手を合わせると、それを見守っている人々からなぜか大きな拍手が湧いた。その拍手は、吉弥にまるで舞台上にあるかのごとく思わせ、錯覚させた。実際、黒く艶のない熔岩の前に立つ吉弥の輪郭のくっきりした鮮やかな美貌と振袖姿はじつに絵になった。

そこへ、あの子供はどこそこの子供屋に居るらしいと聞こえよがしに囁き交わす声がして、その訳知り顔はじつは陽明の仕込み、田中屋という声が人波のあちこちに伝播《でんぱ》していくのを確かめつつ、してやったりと口の端を歪めてちいさく薄笑い、ついでに明星稲荷《みようじようのいなり》に御参りして、鎧ノ渡《よろいのわたし》、俗にいう一文渡の渡舟が幽《かす》かに靄る日本橋川を茅場町《かやばちよう》のほうにゆるゆるとゆくのをしばし目を細めて眺めやり、ほな行こかと促す。ついでに川向こうを目で示す。

「あっち側は八丁堀や。与力同心、あまりええ客やない。顔見せ無用」

意味もわからず、吉弥は素直に頷く。そんな吉弥の横顔を見やって囁き声で煽《おだ》てる。

「ええなあ、吉弥。素がええから、ずいぶん化粧映《けしようば》えするで」

「陽明はん、ほんまどすか」

「震いつきとなるわ」

唇を歪めた陽明の薄笑いはじつに皮肉っぽく見え、どうみても賛美の笑みではないが、これでも本人は精一杯の賞賛を泛べているつもりである。素直すぎるほどに素直な吉弥は陽明の言葉をすべて額面どおり受けとって俯《うつむ》き加減、白粉の下の頰を熱く赧《あか》らめるのだった。実際、陽明は吉弥の姿かたち立ち居振る舞いに陰間としてのよさを再確認し、これならぎょうさん稼いでくれはるやろ——と窃かに頷くのだった。

戻りはわざわざ思案橋《しあんばし》を渡った。吉原旧地の葺屋町のほうにむかう。市村座のある方角である。それだけで吉弥の胸は烈《はげ》しく乱れはじめ、もはや歩みも宙を舞うがごとくで覚束《おぼつか》ず、しかも先ほどまで上気していた白粉の下の頰がひどく青褪めてきていた。それを見てとった陽明がさりげなく手を貸すと、吉弥はきつく握り返すのだった。

「陽明はん、息どおしいわ——」

じつに切なげな訴えで、実際吉弥の息は死にかけた金魚じみたものであった。なぜか口許を隠して発された声自体も不自然に聞きとりづらく、くぐもっていた。陽明はどうしたものかと惑いはじめた。あえて思案橋を渡ったのは、小網富士での様子に気をよくし、ついでだからと芝居好きの男たちに対する御披露目、そして吉弥の芝居に対する拘《こだわ》りがどれほどのものか見極めようとした陽明の控えめな策略だったが、つい先頃、底意地の悪い兄さんから「おまはん程度の芸と器量やったら逆立ちしても本舞台になんか立てへんわ。なりくそわるいし、なにより声がようない。ふくちわるいしやすけない。顔かてちんまりしすぎや。舞台映えせえへんわ」と立板に水で悪罵されたことが心の底にあり、いままでにも声と顔のちいささ、とりわけ声に関しては口跡《こうせき》以前に声の質が悪いと親方はじめ誰それとなく指摘されてきたこともあって、市村座の本櫓を望見しただけでなんとなく己の分際とでもいうべきものを悟って気落ちしてしまった吉弥であった。

ごく間近にありながら、あえてまともに見ようとせぬうちは、いくらでも手繰《たぐ》り寄せられたものが、見たとたんに手の届かぬものであることを思い知らされたのである。

実際、芝居のはけた市村座から流れてくる人混みの奥からは「よっ、そこ行く美児《びしよう》人《じん》」といった賞賛とも冷やかしともつかぬ掛け声があがりもしたが、いかに美貌を誇っても所詮は男ということで、粋がって「まん中に一本はえた鬼もあり」と妙な抑揚をつけて一句詠む声が背後からとどいたりもした。芝居好きの男たちはじつに目敏《めざと》く、吉弥が市村座とは無関係、舞台子でないことを見抜いてしまって、邪慾を煽《あお》られながらも、どこか小莫迦にしているのであった。

そういった諸々《もろもろ》の声に、吉弥もますます念押しされたかのように己が場違いであることをきつく感じとってしまい、もはやまったく顔をあげられぬ。故にこのまま市村座まで連れていって晒《さら》し者にしてしまえば間違いなく吉弥の心が拗《ねじ》くれ、荒《すさ》んでしまうことを陽明は察知して、頃合いとみて吉弥の背に手をやり、小声で促す。

「ほな、ここで引きかえそか」

吉弥は素直に、悲しげに踵《きびす》を返し、人の流れからはずれて客の入らぬ見世物小屋の脇のあえて足場の悪いところを足取りも重くもどるのだった。そんな吉弥に陽明は醒《さ》めた視線を投げる。芝居帰りの好色な男たちの視線は充分に浴びた。多少の評判にはなるだろう。まああの御披露目といっていい。さらに本芝居の小屋までこの恰好で出向けば、ちょいと図抜けた陰間がいると注目を集めるだろうという思惑だったが、結局は吉弥が傷つくばかりである。拗ねた陰間はねじけた女郎よりも嫌われ、厭《いと》われる。それはうまくない。めずらしく配慮をみせた陽明だが、吉弥の舞台に対する思いをあらためて知って、どこか鼻白んだ気分でもあった。

一年でもっとも日の長いころである。川向こうに林立する土蔵の群れが朱に染まっているのを見やりながら、提灯は要らんかったなあ、と唇をちいさく歪めて苦笑する陽明であった。ちょうど杉森《すぎのもり》稲荷のあるあたりで断ち切られるように終わってしまう東堀《ひがしほり》留川《どめがわ》は、まさに名のとおり堀割にすぎぬ川だが、親父橋《おやじばし》で渡ることにした。

若童《にやくどう》を弄《いら》う陰間遊びの芳町に渡る橋が親父橋である。まったくなんという名付けであろうかと陽明も呆《あき》れるのだが、そもそもは元吉原をひらいた親父こと庄司《しょうじ》甚《じん》右衛《え》門《もん》にちなんだ橋で、それで親父橋と命名されたという。ちなみに思案橋だが、遊客が吉原で女を買うか、堺町で芝居を見るか——陰間を買うか思案したところゆえに付けられたそうだ。

気まぐれなところのある陽明は晴れ間と同時にのしかかる蒸し暑さにちいさく苛立っていたが、唐突に億劫《おっくう》になってしまい、普通の者だったら今日はお開きだと帰途につくところが、逆に素直に引きかえさずに、先に予定していた馴染《なじ》みの陰間茶屋に対する挨拶まわりまでまとめてこなしてしまおうという腹で芳町を目指したのである。

親父橋に近づくと、なにやら人が群れてざわついていた。なにごとやろと近づくと、異臭が鼻をついた。近づくにつれて異臭は悪臭に変わり、吉弥が思わず袂《たもと》で口許を覆って顔をそむけるほどになってきた。幾度か修羅場をくぐり抜けてきた陽明は、それが腐《ふ》爛《らん》した血と肉の臭いであることを悟った。

陽明と吉弥が近づくと、それに気付いた人々は真打ち登場ではないが、さっと人垣をひらいて二人を迎えいれた。葦原《あしはら》には昼の熱と湿り気がまだこもっていて、陽明の首筋を汗が伝う。それにしても骸《むくろ》が転がる葦原に煌びやかな陰間の振袖姿は場違いにして異様で、じつに強烈な対比であった。それゆえ人々は意識せずとも身を翻すように二人に場所を空けたのだった。

委細構わず陽明は屍骸《しがい》の間近までいき、腰を屈《かが》めて凝視する。葦原のなかに転がった屍体はひどく腐爛しているばかりか野犬に喰《く》われ、鴉《からす》につつかれたのだろう、損壊は尋常でなく、あちこち太骨が露《あら》わになっている。着衣も剝がれてほぼ全裸だが、男女の別も判然としない。

「土左衛門《どざえもん》やろか。それともここに棄てられて臭いはじめたんやろか」

独りごちて、鼻を抓《つま》みながらも屍骸を見つめ続ける陽明だが、ふと気付いて傍らの吉弥を横目で窺《うかが》う。当初は袂で口許を覆って顔をそむけ気味にしていたにもかかわらず、骸の惨状を目の当たりにしたとたん、逆に嗅いだとたん否応なしに嘔吐《おうと》を催す臭いが立ちこめていることも消え去ってしまったようで、鼻を抓むでもなし、口を半開きにして瞬《まばた》きもせずに瞳を凝らして腐爛屍体に見入っている。その半開きの口のなかで血の色じみた舌先が落ち着かずに蠢いているのが見てとれた。陽明は湧きあがる嘔吐の唾をこらえるために唇を歪め、囁き声で名を呼んだ。

「吉弥」

返事はない。

「どや。九相図でいうたら、血塗相《けちずそう》いうとこやろか」

返事は、ない。

陽明は首を竦め、屍体に視線をもどす。念入りに屍体を吟味していく。肌は暗褐色に変色し、全身が膨張しきっているが、腹は犬に食い破られたのだろう、腸《はらわた》などがきれいに消えてとりとめのない空洞と化し、薄黄に緑を加えたような色の膿《うみ》の交じった赤黒い肉が多少こびりついている背骨までもが覗けていた。眼球は顔の傍らの地面に落ちて、それでも濁った黒眼がぼんやり陽明を、吉弥を見つめている。屍体そのものよりも地面に拡《ひろ》がった黒ずんだ血溜まりこそがこの耐えがたき悪臭のもとだ。血と肉がとろけて一緒くたになって膿状に腐っているのだ。その腐肉汁とでもいうべき血溜まりには、とりわけ無数の蛆《うじ》が蠢いて、まるでうねるように粘つく動きをみせている。いよいよ危ない唾が口中に充《み》ちてきた。それを吐けば唾といっしょに胃の腑《ふ》のものまで吐きもどしてしまいかねぬから、ぐっとこらえ、陽明は血溜まりに散る髪の長さから骸が女であると判断した。

腐臭が目にまで沁みてきて、忙《せわ》しなくしばたたくと顔中が大きく歪む。自分が福笑いにでもなったような気分だ。足許にまで蛆が這い迫る。もう限界だ。陽明は吉弥を肘でつつき、立ち去ろうと促した。けれど吉弥はなんら反応を示さない。屍体に視線を据えて微動だにしない。陽明は酸っぱい物を食べたときのように唇をすぼめ、意地になって吉弥の横に立っていたが、もちろんもう屍体を見る気も失《う》せて顔をそむけていた。

やがて、吉弥の唇が戦慄《わなな》くように動いていることに気付いた。なんやねん、と聞き耳をたてると、吉弥は掠《かす》れ声で連呼していた。

「蛆や。蛆や。蛆虫や。ぎょうさん蛆虫いてはるわ」

急に莫迦らしくなり、強引に吉弥の袖を引く。河原に立てばそろそろ藪蚊《やぶか》の季節、しつくまとわりつかれるころだが、まったく食われていない。それに気付いたとたんに、あの血溜まりに群れる蠅《はえ》や虻《あぶ》の類に交じって無数の藪蚊が吸血している姿が脳裏を掠めた。蛆の姿など思い出したくもないが、あの腐った血膿を吸って腹を赤黒くとことん膨らませている藪蚊の姿もおぞましい。吉弥の顔を窺うと、唇が蛆蛆蛆――と動いて止まらない。野次馬から離れ、叱るように言う。

「骸に蛆。あたりまえや」

「けど、うち、あないによう肥えた蛆虫見たん、初めてどす」

「骸くらい、さんざん見とるやろ」

「干涸《ひか》らびた枯れ木みたいのんなら、大路小路《おおじこうじ》に時折、転がってましたけど」

「あないに肉がようけ蕩《とろ》けて、蛆が小躍りしてんのは初めてか」

「はあ。枯れ木にも蛆はいてはりました。けど小振りで勢いがあらしまへんどした。雪隠《せっちん》の蛆虫もちいさくて控えめどす」

熱を込めて話すようなことではない。陽明は顔つきを変えて訊《き》く。

「股ぐらまで犬に喰われてもうて、なーんもあらへんかったけど、あれ、どっちやろな」

「ようわかりまへんけど、おなごやったような」

「ああ。おなごや。たぶん若い」

「髪の毛ぇが、こう、ゆるやかに円を描いて長うて綺麗どした」

思わず失笑する陽明だ。

「綺麗やったか」

「はい。あんなんなっても、御髪《おぐし》だけは、まるで、おとおし、しはったみたいで」

吉弥は屍体の頭髪が化粧の前に叮嚀《ていねい》に髪をといた姿のようであると言葉を句切って、息んで訴えるのである。まったくわからん子ぉや、と陽明は呆れ気味の視線を投げて、吉弥の歩みが妙にぎこちないことに気付いた。ふふん、と察して、周囲に人目がないことを確かめて股間に手をのばした。まだ幼く控えめなものが強張《こわば》り、張り詰めていた。吉弥は途方に暮れたかのように一瞬、中空を見やり、次に陽明に撓垂《しなだ》れかかってきた。

骸みて、ねんねが目覚めよったわ。ど偉い玉かもしれへん――と陽明は胸の裡で呟《つぶや》き、とたんにその呟きは底意地の悪い色情に変わった。だいぶ暮れてきたのをいいことに、川沿いの蔵地に歩を進め、林立する土蔵の隙間に這入りこむ。

「ええこと教えたる」

振袖を汚さぬよう気配りして前をひらき、強張った吉弥を露わにする。軽く片眉をあげる。

「ほう。まだかわらけやんか」

首を折り、腰を折って顔を近づける。

「ふふ、産毛みたいのんが生えてきとるわ」

軽く眉を顰める。

「すぼけはかまへん。けど、ちゃんと剝《む》くんやで。剝いてきれいに洗わんと」

実際に反転させてみせる。

「ほれ、こないに白いもんがたまっとるわ。これ垢やで」

ごく控えめではあるが、どこか先ほどの屍体の腐臭に似た臭いが漂い、陽明は昂ぶりを隠せず、いよいよ能弁になっていく。

「五人組、したこと、あるか」

「――五人組」

「隣組の五人組。太閤《たいこう》様以来の五人組や。けどな、この五人組は、拇指《おやゆび》、塩嘗指《しおなめゆび》、丈高指《たけたかゆび》、紅差指《べにさしゆび》に小指。皆で一致同心、吉弥の大切な檣《ほばしら》な、こすって扱《しご》いて揉みしだいてな、ええ按排《あんばい》にしてくれはるんえ」

最後のほうは娘じみた調子で囁きながら、陽明の五人組は吉弥を弄《もてあそ》び、いたぶるのである。その指の動きは繊細なだけでなく、大胆にして強弱がくっきりと、しかも吉弥の顔と檣の様子を交互に見やりながら反応を確かめつつ、一気に駆けあがらせるとみせて急激な引き潮のごとく抑えこむといった手管《てくだ》で、なにをされるのかとなかば恐がっていた吉弥であったが、ひりつくような快に、求める言葉がふと唇をついてでてしまった。

「もっときつう」

「きつう、どうされたい」

「わかりまへん。けど、きつう、きつう」

「どや。きついか」

「ああ、もう、もう、もう――」

こんなときでも陽明は振袖を汚さぬよう狙いを定め、土蔵の白壁にむけて吉弥を爆《は》ぜさせた。爪先立ちになっていた吉弥は、なにがなんだかわからぬまま、がっくり首を折り、そのまま陽明に軀をあずけて余韻にまだ小刻みに痙攣《けいれん》している。烈しく不規則に上下する胸と鼓動が伝わって、陽明は吉弥を支えてやりながらほくそ笑むのだった。

「どや。ええもんやろ」

問いかけると、間をおいて途方に暮れた声が返ってきた。

「――なにがなにやら。うち、どないしてもうたんやろか」

「ほれ、見てみ」

だいぶ薄暗くなってきていたが、それでも白壁に盛りあがるように附着しているものをちらと一瞥《いちべつ》して、即座に視線を逃す吉弥であった。不安と甘えの入り交じった掠れ声で陽明に問う。

「――これ、なんどすの。御手水《おちょうず》」

「御手水ちゃうで。おまえが放った蛆虫や」

「え——」

吉弥は陽明に軀をあずけたまま、小首をかしげた。陽明は駄目押しする。

「蛆虫や、いうたんや」

「ほんまに」

「ああ。おまえの腹ん中には、たくさん蛆虫が詰まっとるんや。こうして扱くとな、その蛆がなかで漉《こ》されて白く粘る液んなって飛びだすいう按排や」

初めて放っただけに、やたらと濃く粘る。吉弥は真顔で土蔵の壁に盛りあがってなかなか落ちてゆかぬ白濁を、顔寄せて凝視し、たしかに芋虫を潰せば、こういう具合に白濁した体液がでてくると納得し、蛆も芋虫も似たようなものだろうと鼻を蠢かせた。

「これ、蛆の臭いどすか」

「そやで。蛆のお粥《かい》さんみたいなもんや。蛆は腐ったもんのなかにおる。糞尿のなかにもおる。けど、蛆自体は腐っとるわけやない。そやから、こういう栗《くり》の花に似た香りいうわけや」

「ということは、うち、腐りかけとるいう訳どすか」

ああ、まあ——と不明瞭に応《こた》える陽明であった。吉弥は白濁とすっかり潮垂れてしまった己に交互に視線を投げて不安げな溜息をつき、そっと確かめるように腹を押さえた。

真顔である。

でまかせを言えば、冗談で終わるものと思っていた。ところが真に受けているではないか。陽明は呆れた。やはりすこし足りないのだろうか。だが普段の遣《や》り取りは多少とろくさくはあるが、決して阿房ではない。まだまだ中身は童ということか。とことん素直な心柄か。そこで不安を打ち消してやろうとやや下卑た口調で囁きかける。

「心地ええやろ。たまらんやろ」

返ってきたのは上目遣いと沈黙だった。陽明は白濁を確かめるために身を離した吉弥を抱き寄せる。

「どないした」

「心地好《よ》うて、きつすぎて、怖気《おそけ》がくるくらい心地好う御座いました。それなのに切のうて、切のうて」

「切ないか」

「切ないどす。たまりまへん」

なにやら泣き顔めいて、吉弥はいやいやをするように首を左右に振った。だが五人組も陰間の修業、客より強く屹立《きつりつ》しては絵にならぬ。何事も控えめが好ましい。そのためには常に空にしておくくらいで恰度《ちょうど》よい。また永保《ながも》ちして難儀させられる客にも絶妙な手技を用いることができれば、それだけ己の負担が減る。吉弥のためや、と陽明はあえて冷たく突き放す。

「もう、遣り口はわかったやろ。蛆は抜いたほうがええに決まっとる。そやし毎晩、幾度でも己で扱くんやで。ただし闇雲に扱くんやないで。己がよりようなるよう、あれこれ工夫してみたらええわ。それも芸のうちや」

真っ赤な吉弥の唇から、縋《すが》るような声が洩《も》れる。

「陽明はん、してくれへんの」

「おまえ次第や」

「うち、陽明はんのいうこと聞くよって。なんでも聞くよって」

返事の代わりに口角を歪め、知った顔で言う。

「ちゃんと扱いて蛆虫の汁抜いたればな、声変わりせえへんねん」

「うち、野太い声にならんですむのですか」

吉弥の不安の眼差しの奥に、期待が泛ぶ。それには応えず、顎をしゃくるようにして示す。

「こんどは、おまえがしてくれる番や」

恐る恐る伸びてきた手をはたく。

「手ぇやない。口取りせえ」

「けど――蛆」

「つべこべ吐《ぬ》かすな」
振袖を尻紮《しりから》げさせて、跪かせて強引に事を運ぶ。吉弥の頭に手をかけて無理遣り引きまわしつつ、胸中にて呟く。――さんざん五人組で弄うたけど、結局はこの声や。声変わりせえへんなんて大嘘《おおうそ》や。

*

陽明の手で初めて気を遣った翌朝、なんや隈取《くまど》りかいな、と噛われるほどに吉弥は目の下を黒ずませていた。一晩中、五人組に励んだのである。どやったと陽明が訊くと、欠伸《あくび》まじりで、途中からなにも出えへんかったような――と曖昧《あいまい》な顔つきで小首をかしげるばかりの吉弥であった。蛆が出尽くしたんやと陽明が決めつけてやると、吉弥は力なく頷いた。陽明は目をこすりこすりしている吉弥を高野《こーや》参りして気張り、と雪隠に誘《いざな》って排便させた。吉弥本人は、陽明はん、待っててくれはるの――と、しゃがみながら眠たげな声で長閑《のどか》なものである。

半眠りの吉弥は朝から腰湯させられることとなった。この日より吉弥の陰間修業がはじまったのである。五人組でさんざん汚したやろから、きれいきれいしよな――と小童を宥《なだ》めるような声をかけられて、ぼんやりした目つき顔つきのまま盛大な湯気をあげる盥《たらい》に臀《しり》を浸したとたんに吉弥は悲鳴をあげた。けれどそれを見越していたのだろう、陽明と兄さんが吉弥の肩口をきつく押さえつけているので、逃げだすことはできなかった。

「堪忍、堪忍、堪忍え。熱すぎます。陽明はん、熱湯どす」

泣きわめいて訴えるのだが、じき馴れるわと陽明は聞く耳をもたぬ。しばし吉弥は押さえつけられ、騒いで周囲に湯を撒《ま》き散らしていたが、多少は熱も失せ、肌と肉が慣れてもきたのだろう、あきらめ顔で鎮まった。それでも薄く幼い胸は不規則に上下して周期的に眉根に苦しげな深い縦皺《たてじわ》が刻まれる。火傷《やけど》こそしないが、吉弥の湯に浸《つ》かっている部分は真っ赤だ。兄さんが指し示して猿の臀やと笑う。吉弥は怨《うら》めしげに兄さんを睨む。

「あてもな、嘴《くちばし》の黄色いころはな、こうしてあちちかんかんに浸けられたもんや」

いったん息を継ぐ。

「ほんでな、次にされること思たらな、あちちかんかんに向こてな、おーきに、はばかりさんて拝みとなるわ」

「——なんのことや、わかりまへん」

めずらしく逆らう口調だ。それほど尋常でない熱さだったということだが、陽明は口の端だけでにやついていた。そろそろ頃合いだろうと兄さんが目配せする。ようやく吉弥は湯から臀をだすことを許され、兄さんが甲斐甲斐《かいがい》しく吉弥の臀を拭ってくれた。その間、陽明は濃厚な胡麻《ごま》油六に、丁子《ちようじ》油を四の割合で混ぜたものに右手小指を浸した。

「ちゃんと胆礬《たんばん》、混ぜとるからな」

なにがなんだかわからぬまま、曖昧に頷く吉弥である。兄さんが優しく四つん這いになれと囁き声で命ずる。

「いややわ、こないな恰好。御居処《おいど》丸出しやん」

とりあえず熱湯から解放されて息をつき、羞恥と甘えの交じった声で拗ねてみせる吉弥の頭のほうにまわった兄さんが、つむじに触れる。

「吉弥のぐるぐる、左巻きや」

指先でつむじをちょくりながら兄さんがふたたび陽明に目配せした。陽明は無表情に小指を吉弥の菊座に挿《さ》しいれた。驚愕《きようがく》に吉弥は声もでない。つむじに触れていたはずの兄さんの手指がいつのまにやら吉弥の喉仏を抓んでいる。

「騒ぐと、吭《ふえ》、潰してまうで」

兄さんが脅し、陽明が感嘆の声をあげる。

「ふうむ。きちきちや。きちきち吉弥や」

小指はじわじわと根元まで没していき、吉弥は硬直して奥歯を嚙みしめている。痛みよりも異物感が尋常でない。陽明の小指は吉弥の内面をひたすらさぐっている。熱湯に浸けたのは菊座をほぐすためだったのだ。吉弥は観念して目を閉じた。目尻から涙が伝う。陽明がすっと抜くと、腹の底に薄気味悪い空白だけが残って、しばらくしてあとを追うように鈍痛が襲った。陽明は挿しいれていた小指を鼻先にもっていった。

「丁字の油な、臭い、消すねん」

独白して、陽明は塩嘗指を潤滑の油に浸した。初日は小指と細めの棒薬だけと決められている。ええのんですか——と兄さんが片眉をあげる。万が一、裂いてしまったりすれば、ここまで手塩にかけて育てたあげく、親方の欠損ということになり、陽明はおろか、兄さんまで仕置きを受けかねぬ。

「こら、上玉や」

それだけ言うと、陽明は委細構わず挿しいれる。その太さに吉弥は全身に鳥肌を立て、声もなく戦慄く。痩せた背に浮かぶ背骨の尖《とが》りが軋《きし》むように上下する。陽明は加減して出し入れしているのだが、内腿《うちもも》を血が伝っていった。しばし吉弥の内面を愉《たの》しんで、陽明は兄さんにひとこと棒薬と命じた。

それは二寸五分ほどの白木の棒に綿を巻きつけて太さを按排したものだった。小指よりは多少太い。けれど綿で膨張させてあるのでやたらと硬いわけでもないし、たっぷりと潤滑の油が沁ましてある。巻きつける綿の量を増やしていけば、いま兄さんが手にしている細めから並、そして極太まで自在だ。

薄眼をひらきかけていた吉弥は、細めとはいえ指とはまたちがった気配の異物が侵入してきた違和にきつく目を閉じ、ひっ――と悲鳴にまで至らぬ声をあげた。兄さんがおざなりな手つきで出血を拭ってくれ、あわせて陽明からそのまま座布団の上に腹這いになるように命じられた。

吉弥はもはや逆らう気力はおろか、声をあげることもできず、臀をだしたまま息も絶えだえに俯《うつぶ》せになった。そのまま寝てまえ、棒薬入れたまま、今日一日、寝ててええ――と陽明が囁き、さらに、絶対だしたらあかへんえ――と威圧のこもった声で念押ししてきた。拡張の第一歩であった。吉弥はきつく唇を結んだまま座布団に顔を埋め、両腕で頭の後ろを隠すようにして、すべてを閉ざした。

＊

鼻を高くするのといっしょで、馴れてしまうといえば馴れてしまうともいえる。だが、本来は排泄《ひ》る場所である。初めて陽明が抱いたとき、吉弥は烈しく出血し、苦痛に呻《うめ》き、身悶《みもだ》えた。陽明は昂奮《こうふん》を隠せなかった。

「こら別誂《べつあつら》えや。えら、はくいで。しなこいわぁ。ここんとこ、おいぼいぼしいやら、てんこつなんやら、ひがいそなんばかりやったから、こら格別や」

普段無口がひたすら捲《まく》したて、あげく禁を破って吉弥の内奥で爆ぜた。すべてが終わって、陽明はまだ猛《たけ》りのおさまらぬ隠処も露わに、仰向けになって荒い息である。遅い朝の柔らかな光のなか、吉弥はゆるゆると上体をおこし、ひたすら仕込みに使われてきたのだろう、もともとは真綿に絹の斑衾《まだらぶすま》だったと思われる汚れ放題で生臭い褥《しとね》の一点を凝視している。陽明は目だけ動かして問う。

「どないしたん」

「陽明はんの蛆の汁と、うちの血ぃが溶けあってます」

「蛆の汁いうな」

「――はい」

吉弥は陽明の身の猛りがしずしずと消え去っていくのを静かに見守り、小声で訊いた。

「うち、陽明はんと溶けおうたんやろか」

「――いうたらあかんで。折檻《せっかん》される」

仕込みのためには抱いてもかまわぬが、洩らしてはならぬという厳しい掟《おきて》がある。陽明のやや斜視気味な目の奥を不安が流れる。

「うち、絶対、いわしまへん」

眦《まなじり》決した吉弥を、陽明はなかば苦笑まじりに見あげ、その膝頭をそっと撫《な》でてやる。

吉弥はうっとり見返して、控えめに陽明の脇に添い臥《ふ》して感極まったふうであった。

——はじめよこに寝さし　いちぶのりを口中にて　よくとき　かのところへぬり　すこしかりだけ入《いれ》て　その夜は仕舞ふなり　又二日めにもかりまで入れ　三日めにははんぶんも入れ　四日めより今五日ほど　まい日三四度ほんまに入る也　但し　このあいだに仕立る人　きをやるはわろし——

という具合に、あえて陰間修業をはじめた吉弥と陽明の眼前で親方が〈女大楽寶《おんなだいらくたから》開《べき》〉という三十年ほど前に書かれた指南書を滔々《とうとう》と読んで聞かせたのは、吉弥に心構えを説くのと同時に、じつは陽明に「仕立る人、気を遣るは悪し」と暗に言い聞かせたのであった。子供屋において好いた惚《ほ》れたの念若《ねんじやく》騒ぎは御法度《ごはっと》、要は売り物に執着をもつなということである。けれど陽明は、初めて吉弥の内奥にて気を遣って以来、夜昼となくたびたび吉弥を四つん這いに、ときに仰向けにさせるのであった。

修業の甲斐あって、吉弥は出血もせぬようになり、それどころか陽明を迎える前に盥に跨《また》って指を挿しいれ、自ら内奥を洗浄できるほどになった。すべては陽明に気に入られたいという一心であったが、そろそろよいころだろうという陽明の見立てで、初めての客を取ることとなったのは七月初旬の夕刻であった。不順な天気が続いていた。霖雨《りんう》に辟易《へきえき》させられるばかりか、夏とは思えぬ冷たさで、道行く人のなかには綿入れを羽織《はお》っている者さえあった。

「吉弥、おまはんの突出しやけど、難物《なんもん》仕入れて、ちょちょいと手ぇ加えて襤褸《ぼろ》儲《もう》けしはった呉服屋の若旦那でな、西陣に傷もん求めてようけ京にまで出張るさかい、ついでに宮川筋《みやがわすじ》で鳴らさはった大臣や。当人が行かんでもええのにな、宮川筋があるさかい、わざわざ行かはる好きもんや」

褒めているのか貶《けな》しているのかよくわからぬ親方の物言いは毎度のことで、もはや陽明も吉弥も右から左へ素通りさせて、それでも愛想よく笑みなどかえす。親方が去って、陽明とふたりだけになった吉弥は不安を隠せずに泣きだしそうな上目遣いだ。

「そんなら顔せんと。宮川町いうたら陰間茶屋の本家本元や。そこで鳴らした御仁なら、悪いようにはせえへんやろ」

陽明が宥めながら目配せすると、吉弥が縋りつく。

「終えたら、添い寝してくれはりますか」

「ああ。したる」

「かわゆがって、かわゆがってくださりますかえ」

迫る吉弥に皆まで言うなと唇の前に指を一本立て、器用に片目を瞑《つむ》る陽明であった。

だが内心は、そろそろ吉弥から離れねばならぬと思い定めていた。同衾《どうきん》しているところを見つかれば、身の破滅である。ゆえに吉弥の突出しは、その恰度よい機会であると陽明は捉えていた。ただ、吉弥に未練がないといったら嘘になる。これほど具合のよい陰子もおらぬから、愛惜の念を断ち切れるかどうかは自信がもてなかった。

吉弥は陽明の手で念入りに化粧され、衣装を整えられた。提灯をさげた陽明に先導されてしずしずと芳町にむかう。芳町はじつに狭い路地の入り組んだところで陰間茶屋はなぜか申し合わせたように数寄屋造りであった。ひょいと振りかえり、吉弥に顔寄せて、耳朶《みみたぶ》を咬《か》まんばかりにして囁く。

「仕舞いやからな。今夜は、無理やで」

思いもしなかった言葉が耳の奥にねじ込まれた。もはや茶屋のなか、抜き差しならぬところに送りこまれてから一日買い切りだと切り出されたのである。突出しを終えたら陽明に添い寝してもらえることだけを支えに、どうにか不安を抑えこんでいたのだ。吉弥は、仕舞い、今夜は無理——と口のなかで繰りかえし、顔をくしゃくしゃにした。

「泣いたらあかん。化粧が剝げるで」

「けど、しゅむであきまへんわ。さぶいぼでそうどす」

実際、吉弥の肌はちりちりと鳥肌が立っていた。陽明は大仰な、と嗤い、素直に身をまかせたほうが痛み苦しみが少ないといった意味のことを囁き、そっと吉弥の臀を押した。階段に足をかけた吉弥が振りかえる。泣き顔で振りかえる。陽明は囁き声で念を押す。

「そやから、あてがわれたら、きれいに力抜き。さんざん教えたやろ。あてがわれたら、すぅーと息吐きや。あわせて素直におさまってまう。ええな」

言うだけ言って、陽明はもう吉弥を見もしない。茶屋の者たちと無駄話だ。ささ、こちらどす——と案内された部屋には、もう酔いで頬を染めた大臣が上目遣いで吉弥を見やって、唇の端で笑う。

「ほれ御覧。わざわざ宮川町で購《あがな》った通和散《つうわさん》だよ。京師《けいし》宮川町某ノ家ニテ通和散一名子《ネ》リギト云フ白キ末薬ヲ製シ三都ニ之ヲ売ル——とね。どうだい。両国橋は吉川町《よしかわちょう》、四ツ目屋狩野《かのう》で手に入るもん、わざわざ京で購うってえのが粋じゃないかい。だいたい安いいちぶのりなんぞでおまえを突き抜くなんて野暮はしたくないからねえ」

通和散あるいは子リギこと黄蜀葵《とろろあおい》の根からつくった男色用の潤滑薬を示して得意がる男は奇妙に鼻の穴が大きく、息に合わせて鼻毛が踊るのがみえる。若旦那と聞いたが、老けて見える。太り肉《じし》の頬を揺らせ、唇を舐《な》めなめしながら喋る。くっきり二重はほとんど瞬きと無縁で、その奥の瞳は色が薄く茶色っぽい。途方に暮れて立ちつくす吉弥を手招きすると、傍らに侍《はべ》らせる。大臣は通和散を口中に含み、吉弥に両手をだすように命じると、その両掌にぬめって粘り、長く糸引くどこか黴《かび》臭い唾をたらした。

「ほれ、まずは手技を教えてあげよう」

赤黒く肥大した己を吉弥に示す。吉弥自身は当然のこととして、陽明のものなど赤子じみて感じられるほどの目を覆わんばかりの屹立ぶりである。ぬめり薬で糸を引く吉弥の掌を己にあてがう。両掌を用いても手に余る巨大さで、呆気《あっけ》にとられつつも吉弥は男に指図されるがままに無我夢中で手指を用いる。妙な性癖で、吉弥の指にて愉しみ続けて、けれど心地よさげな顔をみせはするが、果てるわけでもない。だらけた恰好でちびちび酒を啜り、肴《さかな》を抓む。時折どこそこをどうしろと言葉短かに指図する。とうに一時《いっとき》も過ぎ、いよいよ吉弥の手指が攣《つ》りそうになったころ、ようやく爆ぜて蛆の汁を撒きちらし、男は天井を睨むようにして胸を上下させていたが、後始末をさせると、さあ寝ようかね、と他人事のように呟いて吉弥に腕枕させ、酔いの高鼾《たかいびき》をかいて寝入ってしまった。もちろん吉弥は眠れるはずもなく、ただ男を起こしてしまえば手指ですむはずもないだろうと二の腕にずしりと重い男の頭を支えて痺《しび》れにも耐え、まんじりともせずに朝を迎えたのだった。

軒を跳ねていた雀《すずめ》たちも鎮まって、陽射《ひざ》しからそろそろ五つ半くらいかとあたりをつけたころ、男が目を覚ました。酔いの残り香とでもいうべき酸っぱい息を吐き散らし、ひどく不機嫌な起き抜けであった。水をもってこさせると際限なく飲み干し、頭の後ろをとんとん叩《たた》く。ようやく白眼から血の色が消え、すると白眼がやたらと黄ばんでみえる。吉弥が首を竦めるようにしていると、いきなりにこりと笑いかけてきた。

「朝がね、朝が猛ってたまらんのだよ」

いきなり己を示す。小用を足しさえしなければ、いつまでもこの状態であると威張る。朝魔羅や小便までの命かな——兄さんがよく己を嗤っていた。吉弥は横目で男の陰根《もちもの》を盗み見る。赤銅色は朝の陽射しを撥《は》ねかえすがごとくで、とにもかくにも尋常でない。枕絵そのままのおぞましさだ。昨夜は吉弥の軀に満足に触れもしなかったが、いきなり全裸になるように命じてきた。朝の光のなかで吉弥を吟味しはじめる。唐突に指を突き立てる。吉弥が悲鳴をあげる。

「通和散をお願い致します」

必死で頼み込むが、大臣は委細かまわず鷹揚《おうよう》に指を用いる。唾さえつけずに、吉弥の腹の奥をさぐる。

「なに、血がでてしまいさえすれば、おまえさん、それがぬめり薬さ」

含み笑いを洩らす。

「血ってやつ、すぐに乾いてしまうから、あまりよいぬめり薬とはいえないけどねえ」

とっくに出血していた。裂けていた。吉弥は無言で涙を流してそれに耐えて俯せを保った。半時も指先で弄われて、男は吉弥の耳許で囁いた。

「どれどれ本手取りでいたそうか」

くるりと吉弥をひっくり返す。仰向けにされた吉弥の片脚を肩に担ぐようにして、加減せずに重みをかけてくる。御無体でございますと訴えると、これぞ無体攻めと意に介さない。上豚上豚《じょうとん》と喜悦の声で連呼し、あえて吉弥の出血がひどくなるように先だけで突きまくる。しばしそれで遊んで、頃合いをみて奥底まで押し入ってきた。

ふと大臣が顔をあげた。障子が桟ごと音たてて烈しく顫えたのである。何事か——と、しばし動きを止め、吉弥を組み敷いたまま上体を反らせて様子を窺う。外に人が飛びだしていく気配はすれど、茶屋の者が咎めにあらわれる様子もない。吉弥に視線をもどす。高島田を振り乱して呻き身悶えする吉弥の姿、その苦悶《くもん》の表情を見据えて柔らかな、じつに優しい笑みを泛べると、肉のあまって揺れる腰のあたりに酒臭い大量の発汗を纏《まと》うほどの烈しくせわしない動作をしはじめた。あえて円弧を描いて吉弥の苦痛をいや増す算段さえしながら、耳の穴に唾で泡立つ舌先を挿しいれてくぐもった声で囁く。

「好《よ》いよ。たまらなく好い心持ちだよ。つがもなく穴がせまいから、とことん心持ちがこのうえもない。こたえられぬ。それそれ、口を吸わせておくれ」

吉弥は己に降りかかった災厄に必死でまったく気付かなかったが、障子が顫えたのは浅間焼け——四月初旬あたりからはじまった浅間山の噴火、最後の大爆発であった。その鳴動が江戸にまで伝わり、至ったのだった。そして浅間山の大噴火にあわせるかのように吉弥の軀は破壊され尽くした。

＊

「〈野郎絹ふるい〉に曰《いわ》く——ろでん何ほどに大きくても、やわらかなるはこなしよし。

固くて長きはいくつに成《なつ》ても迷惑なり――となく。〈艶道日夜女寶記《びどうにちやじよほうき》〉に曰く――衆道は玉門とちがひ、穴ちいさき物なれば、大なる一物はうけがたし――やで。やれやれ、やってもうた。壊してもうた。だいたい太り肉いうたら腹ん中に隠れてまう程度の小物と相場が決まってるやんか。見抜けんかったわ。なんや、その顔。陽明かて、ありゃちいさい吐かしとったやないか。その上、巧みとまで断じておったわ。やれやれ、宮川筋での行状まではわからへんわな。あっちで温和《おとな》しゅうしといてええ顔みせといて評判こさえて、こっちで無茶しよったか。そんな気ぃがするわ。門渡《とわた》りが裂けたくらいやったら鼈《すつぽん》の頭の黒焼き塗っといたらどうとでもなるけどな、あかんな。筋はあかんわ。どや、内筋《うちすじ》も外筋もあかんか。しっかり診てや。切れてもうてるか。切れてるか。そうか。両断か。両断違いや。せめて外の筋さえ無事やったら、しかと稼げたんになあ。ああ、けったくそ悪い。だいたいな、仕舞いの三両にほんのめめくそほどの色つけてもろただけやで。どないしよか。ええい、どないしたろか」

親方がいくら長広舌《ちようこうぜつ》をかまそうが、吉弥の軀が元にもどるわけではない。開ききってしまった吉弥に塩嘗指と丈高指を挿しいれ、断裂の具合を確かめたまま、陽明の口からは溜息しかでない。

大臣が押し入ってきたとき、吉弥はなにやら千切れる音を聞いた。その音は御居処でしたはずなのに、なぜか頭の後ろ、首と頭がつながっているあたりにぴしりと鞭打《むちう》つように響いて、いま思えば千切れる音は尻から背骨を伝って、後頭部に凝固したようだ。気を喪《うしな》いかけるほどの痛みと同時に、すうっと際限なく拡がっていく気配がし、まるで嵐のような強さで息を吹き込まれ、膨らまされたがごとくで、それきり男の巨大さは一切感じられなくなり、ただただ激痛のみが続いた。

「欠損や」

短く吐き棄てて、陽明を睨み据えて親方は立ちあがった。相も変わらず二本指を挿しいれたまま陽明は顔をあげ、親方の背にむけて必死で縋り声をあげる。

「この器量、まだまだ後家には高《たこ》う売れますし」

親方は肩を上下させて憤懣《ふんまん》を抑えこみ、振りかえって陽明を醒めた目で見おろし、命じた。

「幾人か、瑕《きず》もん、おるやろが。ちょうどええ。おまえ、瑕もん引き連れて底倉《そこくら》行ってきいや。吉弥の後門な、灸《やいと》で整えてこい」

＊

江戸から箱根まで女の足だと四日ほどかかる。陰間たちの足取りは女たちよりも遅い。もともと過剰になよなよ歩くように仕込まれている上に、湯治に出かける陰間は菊座に瑕をおっているから歩みがぎこちないのだ。だから往復に十日、あるいはそれ以上費やすことになる。さらに湯治場では最低でも二十日ほど過ごすことが習わしになっており、二十日の宿代は一人三両ほどにもなることもあって、湯治客のほとんどは江戸の富裕な町人であった。これは昨今の陰間茶屋の客層とも重なっており、金と暇を持て余している商人たちにとって大猷院《たいゆういん》御《お》湯《ゆ》上《あが》りとして徳川家光に献上湯された湯本《ゆもと》や底倉に長逗《ながとう》留《りゅう》することがとりわけ贅沢《ぜいたく》とされていた。しかも箱根七湯《ななゆ》は小田原宿と箱根宿を結ぶ東海道と分かれた脇往還《わきおうかん》であったため、参勤交代などの諸大名は熱海《あたみ》の湯を珍重して箱根には立ち寄ることがなく、町人たちにとってはずいぶん気楽な湯治場でもあった。陰間たちにとっても幸いなことに箱根七湯というくらいで、湯治客に芸を見せて稼ぐ場に事欠かぬ。菊座の損傷の軽微な者は宮地芝居だけでなく旅稼ぎと称して男色を売るのだが、相手が富裕な町人だけにこれが莫迦にならぬ。ついに飛子《とびこ》や——とぼやきつつ、吉弥を含む一行六人を率いる陽明だが、その頰は諸々の桎梏《しっこく》から解き放たれて緩みきっている。

　陽明たち一行は痔疾《じしつ》に卓効のあるとされる底倉温泉に向かっていた。底倉は箱根七湯のなかでも湯本に続いて古く、名の知れたところで、十二箇所から湯が湧いていた。鬱《ふさ》ぎこんでいた吉弥も、箱根の緑を目の当たりにしてようやく肩の力を抜いた。紅葉にはまだ早いが、本道から三枚橋を渡って湯道に入り、思いのほか賑わっている湯本に至って、その口許に笑みもみられるようになった。

湯本から十町で塔ノ沢《とうのさわ》だが阿弥陀寺と稲荷社に参詣し、さらに一里半の坂を臀を庇《かば》いながらよちよちあがって堂ケ島《どうがしま》で薬師堂に御参りし、宮ノ下《みやのした》から底倉に至り、背後の山肌にへばりつくようにしてある熊野権現で痔疾快癒を祈った。陰間たちは切実だ。生半な痔疾ではないからである。吉弥も、そろそろ行くで——と促されるまで頭《こうべ》を垂れていた。陽明たちは底倉の西端にある万屋《よろずや》伊兵衛《いへえ》のところに草鞋《わらじ》を脱いだ。まずは太閤石風呂に降り、吉弥は陽明に促されるままに恐る恐る臀を湯に浸けた。初めは滲《し》みて眉根に縦皺を刻みもしたが、すぐに心地好さが取ってかわり、薄く目を閉じて老人じみた息を吐《つ》く。太閤石風呂は自然石を十尺ほど刳《く》りぬいた岩風呂で、川岸から自噴している湯がたまるようになっている。秀吉が小田原攻めのときに将兵を労《ねぎら》うために掘らせたという。脇には高さ三丈強ほどの滝が轟音《ごうおん》を立てて落ち、熱めの湯に火照った軀を飛沫《しぶき》が冷やしてくれる。

「陽明はん、人心地つきました」

「そうか。よかったな。底倉はじつにええとこやで。なんせ武玉川《むたまがわ》いう雑俳集に、京のことばに馴れた底倉——いうのがあるくらいでな。陰間御用達《ごようたし》やさかい、底倉のもんは皆、京言葉が馴染んどるねん」

「陽明はん。それ、親方の受け売りでっしゃろ」

「おっと、痛いとこ突かれたわ」

陽明は一旦言葉を呑《の》み、吉弥を見据える。

「痛いとこ、いうたらな」

「なんどす」

「——なんでもあらへん。はよ御居処治してな、そしたら宮地芝居に立てるで。客は旦那衆ばかりや。吉弥は舞台映えするし、御捻《おひね》りもようけ貰《もら》えるやろなあ」

とたんに顔を輝かせる吉弥である。一生飛子でもかましまへんと真顔で言う。陽明は雑に肩を竦め、ほな勢古《せこ》はんの灸で御居処、治さんとな、と囁く。湯から上がったらすぐに通いますと吉弥は大きく頷く。陽明の頰の靨《えくぼ》まじりの酷薄な笑みには気付かぬ。

勢古は底倉で陰間の痔疾を専門に診る鍼灸師《しんきゆうし》といったところ、陽明に連れられて出向いた吉弥は即座に菊座の様子を確かめられた。

「こりゃまた非道《ひど》い——」

海千山千の勢古が呆れて言葉をなくすほどの有様であった。腕組みして、溜息をつく。

「こういう具合に壊してやろうとあえてやらんかぎり、ここまでにはならんわ。とんでもないの、宛がったなあ」

「一生の不覚や。なんとか、かたち、整えたってや」

「よし。とことんやってみるか」

眦決した貌を吉弥に向けて、それから陽明に目で合図する。吉弥は陽明の手で仰向けに寝かせられ、丸めた布団を臀の下に挿しいれられた。頭の後ろは立てた枕で保持されている。両脚を持ちあげるように命じられ、両膝の裏側、膕《よほろ》に朱の細帯を通し、その帯は首の後ろで結ばれた。宙に向かって四つん這いになったかのような体勢である。さらに両手を祈るように組まされ、その手首をきつく縛られた。口を開けるように命じられ、湯の香りのする手拭いを丸めたものを押し込められ、さらに足首を各々丹念に結ばれて柱に括《くく》りつけて動かぬようにされたあたりでさすがに鈍い吉弥も不安になったが、もはや身動きならぬ。陽明はん——と縋る眼差しを向けると、陽明の酷薄な笑みはますます深い。

灸ではなかった。吉弥がてっきり火種だと思い込んでいた赤熱した火箸を直に菊座に押しあててきたのである。すなわち開ききってしまった菊座を火傷によって整え、繋《つな》いでいって、なるたけ穴をちいさくするという治療以前の方策で、あまりのことに吉弥は気を喪ったが、堪えがたき苦痛に即座に覚醒し、眼球の飛びださんばかりに目を剝いて烈しく痙攣するのだった。

「いつも思うんやけどな」

「ん——」

「こりゃ塩鮭《しおざけ》焼いた匂いや。秋も深まったころな、塩引した鮭が若狭《わかさ》から届くねん。たまらんなあ。空きっ腹にこたえよる」

吉弥をきつく押さえ込みながら立ち昇る青白い煙を瞬きせずに見つめ、舌舐めずりする陽明である。勢古は整形する手は休めずに軽口を返す。

「だったら、すこし削《そ》いでやろうか」

「それで飯《おぬく》食べろいうんどすか」

「塩振りかけたら、塩鮭と変わらんだろ」

言いながら勢古は横目でちらりと陽明を見やり、首を左右に振った。陽明が真顔だったからである。

「生憎《あいにく》、肉が薄くて削いでやるほどもない」

「――そうどすか」

いかにも無念残念といった陽明であった。ほぼかたちを整え終わると、勢古は熊の脂を丹念に塗り込んだ。縛《いまし》めは解かれ、口に突っこまれていた手拭いも抜かれはしたが、吉弥はしばし放心して身動きせず、やがて全身に発汗して白眼を剝いて呻きはじめた。一昼夜顫えて呻いて、それをすぎると堪忍勘弁と泣き騒ぐのを無理遣り湯に浸ける荒々しい湯治がはじまった。後門はせばまったが、せばまりすぎて、こんどはまともに排便できぬ。火傷で整えられた穴に柔軟があるはずもなく、どうにか放《ひ》りだせば、あっさり裂ける。血が音をたてて滴り落ちる。それを少しでも緩和するために胡麻油を塗ってこわごわ息む。吉弥の排便は途轍《とてつ》もない激痛と込みになってしまった。垂れ流しよりはましやろ――と陽明が慰める。吉弥はすっかり無口になってしまった。

＊

他の陰間は先に帰し、陽明とふたりだけで長逗留し、箱根の山々が朱《あか》く染まって吐く息も白くなってきたころ、吉弥は江戸にもどった。菊座はせばまりはしたがひどく膿《う》み爛《ただ》れており、これを治療と称してよいのかは微妙なところだが、満足に出ない、いや出せないこともあり、粗相をせずにすむようにはなっていた。

もとは男や。あれこれ仕込まんでもどうとでもできる。銀《かね》とってよいことできるんや。吉弥は果報な身の上や――というのが親方の言い分で、もどったその日から女の客を取らされた。御殿女中であった。宿下《やどさが》りで観劇するという口実のもと、芳町に男を買いにくるのである。刻限のピン撥ねや――と自嘲の口調で呟く女は上方の訛《なま》りがあり、吉弥の器量に年甲斐もなく頰を染めた。けれど殿女の外出はまだ西日の射す申《さる》の刻までにもどらねばならぬこともあって未《ひつじ》の下刻には芳町から出ねば間に合わぬから忙しない。しかも町の女とちがって徹底した禁慾を強いられていることもあって、とにもかくにも貪慾に逸楽を貪《むさぼ》る。故にあれこれ指図するので、逆に女体に無知な吉弥には都合がよいともいえた。

どや、と陽明が上目遣いで問う。吉弥も上目遣いをかえす。それきりである。刻限が迫って焦ってもどった殿女の様子は満更でもないようであったから、ちゃんと役目を果たすことができたのであろう。陽明はちいさく胸を撫でおろした。この調子で後家や殿女の相手をしていけるならば、親方の怒りもおさまっていくだろう。あれ以来、ほとんど口をきかぬのが微妙に卦体《けたい》が悪いが、それを強く窘めるのもはばかられた。

「匂いが違《ち》ごて薄気味悪う御座いました」

背を向けたとたんに抑揚を欠いた他人行儀な声が刺さって、陽明はぎこちなく振り返った。表情をなくした吉弥に真っ直ぐ見据えられ、陽明は振り返ったときと同様、ぎこちなく前を向いた。

＊

黙々と——というのも奇妙なものではあるが、年が明けても吉弥は黙々と女の相手をした。余計なことを喋らずに、けれど懸命に仕事する吉弥には熱烈な馴染がつき、評判が立った。尻を貸すのが本業で、稀《まれ》にしか女の相手をできぬ兄さんたちから嫉妬の言葉が洩れるほどであった。親方からすればきっちり稼いでくれるのだから文句はない。

ひたすら女の相手をして天明四年が過ぎ、五年の夏に吉弥の軀に異変がおきた。火箸で灼いてかたちを整えた菊座に裂けめができてしまったのだ。それまでにも裂けたことはあったが膿み爛れているなりに癒着した。ところがこんどは蟻《あり》の門渡りのほうに裂けて陰嚢《ふぐり》まで血の色をして蠢く肉が露わになった。こうなると女たちもあれこれ貪欲に舐《ねぶ》ったときにその裂けめを目の当たりにしてしまうこともあって、徐々に馴染が去っていってしまった。怖気がたつと吐き棄てた女もいた。

親方の見立てでは、火箸で灼こうがなにをしようがもはや繕いようがないということであり、客の取れなくなった吉弥は手当も一切講じてもらえず、階段下の布団部屋に押し込まれて、下女のようなことをさせられるようになった。けれどあたりかまわず漏出させてしまい、また苦痛にまともに歩くこともできぬ吉弥である。皆から疎まれ、蔑《さげす》まれるようになった。食べるものも着るものも以前とはまったくちがって、痩せ衰えた軀に襤褸を纏った幽鬼のような姿で、それでも健気《けなげ》に掃除などしている吉弥に向けて、はよ死ね——と罵声が浴びせられた。陽明など、吉弥の姿を見るたびに鼻で嗤い、ときに唾を吐きかける始末であった。

＊

必死に耐え忍んできた吉弥であったが、大晦日《おおみそか》の晩に張り詰めた糸が切れた。明日は正月、年が替わる。数えで十五になると思ったとたんに息をするのが苦しくなった。階段下の三角のかたちをしたまともに立ちあがることもできぬ布団置き場の黴臭い闇のなかで、激痛のあまり座ることもできぬので跪き、兄さんのところから盗んだ白粉をそっと頬に塗る。

「ねがはくは花のしたにて春死なんそのきさらぎの望月の頃」

粘つく闇のなかで消え入りそうな声で呟いて、がっくり首を折る。

「無理どすわ。とても桜の咲くころまで生きておられませぬ」

涙が落ちる。

握りしめたちいさな拳の上に涙が落ちる。

啜り泣く。

唇を顫わせて啜り泣く。

菊座を裂かれて、それでも底倉で宮地芝居の舞台に立てると陽明から囁かれたときは、眼前の闇に一条の光が射した。けれど火箸で灼かれて、宮地芝居どころではなくなった。芸に生きられるならば一生涯飛子でもいいという思いはあっさり霧散してしまい、どうしても匂いの馴染めぬ女の相手をさせられるようになった。それでも見返してやろうと必死で後家に、殿女に奉仕した。自分なりに工夫もし、これがうちの舞台や——と、必死に言い聞かせて自分の下で悶え狂う女のおぞましさに耐えた。陽明の言うところの蛆虫の汁を大年増の陰門の奥の奥に注ぎ込んだ。もちろん、いまではこれが蛆虫の汁などではないことは百も承知だが、いわば蛆虫の汁以下の汚物にしか思えぬ吉弥であった。それでも耐えた。京に還って白粉の見世をもち、芳香につつまれて余生を送りたいという夢だけを支えに、耐えた。けれど、ついに軀が音をあげてしまった。そして軀が裂けてしまって繕いようがないと断じられた瞬間に、心は、疾《と》うに音をあげ、千切れ果てていたことに気付かされた。

「無理どす。白粉見世ひらくまで、とても生きておられませぬ」

吉弥は闇雲に白粉を塗りたくる。涙と白粉が混ざりあう。闇の中、白粉の香りばかりが充ちて咽《む》せそうだ。ここしばらく座ることはおろか横にもなれず、ひたすら跪いている。朝方まで壁に軀をあずけて跪いて、まだ皆が起きだす前にそっと外にでる。正月元旦の子供屋は奇妙に静まりかえっていた。すっかり軽くなってしまった吉弥の重みでは霜柱はびくともせず、凍った水溜まりにかろうじて白塗りの貌が映った。

「これがうちの死化粧――」

掛け値なしの笑みが泛び、首をねじ曲げてまだ寝静まっている田中屋を見つめた。

「井戸に飛び込んで死んだる」

ますます笑みが深くなる。

「井戸んなかで腐り果ててやる。皆に、陽明はんに、うちの蛆飲ましたる。皆、なにも知らんとうちの蛆の汁、飲むんや」

笑みが泣き顔に変わったが、もう泣くのにも疲れた。委細構わず頭から井戸に飛び込んだ。

＊

地獄か、極楽か。

極楽がこれほど凍えるはずもない。

どれほど刻《とき》が過ぎたか判然とせぬが、ここが井戸の底であり、己が虫の息であることを吉弥は悟った。腰あたりまで水の中だった。凍えきっているおかげでひたすら付き纏っていた菊座の激痛も感じない。かわりに割れたお鉢が鈍く痛む。

薄暗かった井戸の底に日が射した。吉弥はゆるゆると天を仰いだ。どうやら日輪《にちりん》が中天に至りつつあるようだ。黒々と区切られた冷たく凍える地獄の底に一筋、鮮やかに日が射して、とたんにあたりに柔らかな熱が控えめに弾《はじ》けた。井戸水の水面《みなも》も日射しを撥ねかえして燦《きら》めきはじめた。

生きてたときはええことはなんもなかったけど、ああ、うちは極楽に引きあげられるんや――と、うっとりした。

ところがその黄金色の光が徐々に消え去っていく。地上からお天道様《てんとさま》がどうこうといった声が降ってきたような気もするが、もはや吉弥の耳は音をまともに拾わず、ただただ日の光が引き千切られるように消えていき、吉弥の肌を暗黒が覆っていく。

なんや、お日様までええ様子してから裏切るんか――。吉弥はがくりと首を折った。

天明六年正月元日、日蝕皆既――。日蝕えつきて、未一刻にふたたびあらわれた太陽を吉弥がその目で見ることは、なかった。

長十郎

独り善《よ》がりにして手前定規、意執甚だしく身勝手かつ狭量にして、変に狡猾《こうかつ》でもある。もちろん他人の気持ちを推し量ることなど欠片《かけら》もできぬ。

結果、忌々《いまいま》しくも腹立たしい。

海野長十郎《うんのちようじゆうろう》に接した者が抱く思いである。これに鬱陶《うつとう》しいを加えてもよい。ただし当人は己が忌々しく鬱陶しい男であるなどとは一切感じていない。そもそも他人の心根を忖度《そんたく》するといった気遣いとはまったく無縁だからである。

清和天皇の曽孫、従三位《じゆさんみ》滋野朝臣善淵《しげのあそんよしぶち》の子孫と称し、これ即《すなわ》ち清和源氏海野氏の後裔《こうえい》であると踏ん反り返る。口の悪い町人が刀の切先が届かぬあたりで半ば逃げだす恰好《かつこう》をとりつつ、素浪人が偉そうにと吐き棄《す》てれば、当人は至ってまじめに信州滋野氏三家系図によれば云々《うんぬん》とひとくさり始めるのだが、もちろん誰も聞いてはいない。

口さがない長屋の連中に言わせれば、長十郎の旦那に過ぎたるものは御新造《ごしんぞ》の靜《しず》とのことで、実際、貧乏長屋には不釣り合いな﨟長《ろうた》けた女で、なにを好きこのんで長十郎のような男と一緒になったのか合点がゆかぬ。あげく借金の形に無理遣《や》りなどといった憶測が真顔で語られるほどだった。また否《いや》が応《おう》でも零《こぼ》れ落ちてしまうとでもいおうか、静自身がちょっとした挨拶などの不必要なところで過剰な色香を発するので、当然ながら長屋の男共は長十郎の目の届かぬところでは静に色目を遣いもするが、そういった気配は御高い調子であっさり素知らぬ顔されてしまう。結果、まだ平河天満宮の石段のほうが愛想があらあな——と、これまた吐き棄てる。

長十郎と静の住む裏店《うらだな》は平河天満宮の戌《いぬ》亥《い》側、さすがに生類《しょうるい》憐《あわれ》みの令のころは消え去ってしまっていたが、いつのまにやらふたたび店開きして大繁盛しているケダモノ店、甲州屋からやや奥まったところにあった。ちなみに『明和、安永のころは猪、鹿の類を喰《く》ふ人稀也《まれなり》。かたみに恥あへりき。天明のころよりよろしき人もかつかつ喰う事となり、今は自慢として誇れり』云々と〈神代余波《かみよのなごり》〉に記されているとおり、甲州屋の店先には生類憐みの令の名残《なごり》で犬肉こそおおっぴらに並びはしないが、鮮やかに描かれた牡丹《ぼたん》の花瓣《はなびら》の看板のもとに山鯨と称する猪肉、紅葉と呼ぶ鹿肉を中心に狸、鼬《いたち》、栗鼠《りす》、熊、山犬《おおかみ》、猿と多種多様な獣肉、そして野鳥類を商っていた。ケダモノ店は百獣屋《ももんじ》、あるいは山奥屋と呼ばれることもあり、腑分《ふわ》けのように切っている山奥や——という川柳そのままに、日がな一日獣を解体し、腸《はらわた》を裂《さ》いて流水にて糞《ふん》その他の内容物を洗い流していることもあり、長屋の路地ばかりか部屋の中まで獣臭かった。また近くにハマグリを専門に商うハマグリ店もあって、山海の香りとでもいおうか、このあたりに至ると気温がふわっとあがるかのような生臭さと腐臭にちかい複雑かつ独特の匂いがあった。

もっとも住人たちは慣れてしまっていて、ここいらの者は薬食《うど》いのせいでやたらと体格がよいとの自慢で、その立派な体格の筆頭にあげられるのが独活の大木と陰で揶揄《やゆ》される長十郎であった。あんなんでもケダモノさえ食っておけば、あそこまで育つ――というわけである。

そもそも百獣屋不浄なりと麴町《こうじまち》平河町を抜けるのを嫌ったのは、体裁をかまう大名行列くらいのもので、その大名行列の一行も江戸屋敷に落ち着けばお忍びで甲州屋を訪れるばかりか、薩摩藩など猪の一頭買いで有名であった。ゆえにこのあたりの者は息の白く身の引き締まる季節になれば猪の肉に舌鼓を打ち、団扇《うちわ》を使うころになれば、今日の紅葉は旬のわりにちょいと渋みがたらねえなあ――などと通ぶって物足りない顔をするほどであるばかりか、長十郎など普通の者には歯の立たぬ熊肉の筋をとことん安く買い叩《たた》いてむしゃぶりつくのが好みであった。

長十郎のもうひとつの好物が銅鑼焼《どらやき》と称せられることもある助惣焼《すけそうやき》であった。なにせこの体格にして下戸、酒など匂いを嗅いだだけで顔が赤くなると当人が開き直るほどで、代わりに甘い物には目がない。温飩粉《うどんこ》を薄く溶いて銅鑼で焼いたものに餡《あん》を包んで四角いかたちに仕上げたものを購《あがな》いに、たいした距離ではないが、ほぼ日課のように麴町三丁目橘《たちばな》屋まで出向くのが常であった。目指すは銅鑼焼だが、当然ながら橘屋向かいの於鉄《おてつ》牡丹餅《ぼたもち》にもむしゃぶりつく。

　空梅雨だった。やたら土埃《つちぼこり》が舞っていた。橘屋から天神前に至る道を銅鑼焼を口にしながら長十郎が漫《そぞ》ろ歩いていた。歩き食いする浪人というのもなかなかに異なものではあるが、またその食い方が端っこからちびちび囓《かじ》って真ん中の餡をたっぷり残し、それを嘗《な》めるというしみったれたものだった。麴町山元町あたりまでやってきたとき、洟《はな》垂《た》れが指をくわえてふらふら近づいた。長十郎は物欲しげな子供を足で払って倒した。

見かねた近所の嬶《かかあ》が金切り声をあげる。

「いくらなんだって年端もいかぬ小童《こわっぱ》、いきなり蹴倒すってのはどういう了見だい」

長十郎は餡を嘗める手を休めず、町屋に囲まれた道であることを念頭に、周囲に自分を咎《とが》める武士の姿がないことを確かめてから平然と言い放つ。

「ここは天下の往来。行く手を邪魔する者に大小なし」

泣きわめく童をあやしながら嬶は呆《あき》れ果てる。

「なんてえ言い種《ぐさ》だい。開いた口がふさがんないね」

「その口、ふさいでやろうか」

「抜く気かい。餡こ嘗め嘗め抜く気かい」

揶揄しながらも腰が引けている嬶に向け、長十郎は騒ぎにちらほら集まってきた野次馬が町人のみであることを確かめてから、いまいましげに銅鑼焼の残りを口に抛《ほう》り込み、ほんとうに抜いたのである。そこへたまたま通りかかった同じ長屋の左隣の新三《しんざ》が割ってはいる。

「長十郎の旦那じゃねえですかい。物騒なもん光らせて、なにしてるんです」

「斬る」

どんな無礼があったのかを尋ねた新三に嬶が銅鑼焼ほしさに近づいた童を蹴り倒したと捲《まく》したてる。新三は長十郎を上目遣いで一瞥《いちべつ》し、二つ折りにして肩にかけた手拭いを扱《しご》きながら苦笑いだ。

「武士の一分も結構ですがね、御令閨様《ごれいけいさま》がなにやら大切な御用があるとかで捜しまわっていましたぜ」

「なに、静が」

「早く行って差しあげたほうが――」

うむ、と大仰に頷《うなず》くと、小童に向けて運のよい奴めと吐き棄て、まだ口のなかに残っている銅鑼焼を舌先でさぐってもぐもぐやりながらその場から立ち去ったのである。嬶と新三は顔を見合わせる。

「いやはや三一《さんぴん》以下のくせしやがって、なににつけても御大層な。女房には頭が上がらねえから出任せ咬《か》ましたら、これ幸いとばかり消えやがった」

一呼吸おいて、付け加える。

「耳目を引くのが好きなだけで、あとの面倒を考えてちまちま勘定ずく、実際に斬る気はねえんだよ。誰か止めるのを待ってやがんだな。止めてもらえれば、尊大に恩を売りつけて引きさがるってぇ寸法だ」

「御上は、なんであああいうのを取り締まらないのかねえ」

「当人は武士《もののふ》んなかの武士のつもりでいやがるからな。癡人《とんちき》もあそこまでいくと触りようがねえやな」

新三と嬶はふたたび顔を見合わせ、同時に首を左右に振った。苦笑いも不明瞭にしぼんでしまい、あとは溜息《ためいき》ばかりだ。とりわけ熊の後脚の腱《けん》が好物にして甘い物に目がないとくれば、どことなく豪放にして脇の甘い好人物を思わせるのだが、件《くだん》のごとく大人げないこと甚だしい。いやらしいのは咎める上位の者がいないことを確かめてから抜くことからもわかるとおり、じつは保身のかたまりなのである。ゆえにこのような情況でなくとも、対面してしばらくすれば誰もが苦虫を嚙《か》みつぶしたような顔付きになる。だいたい気配りに欠けた大仰かつ無礼な態度は幼稚な妄想と表裏で、あるいは度の過ぎた際限のない自慢話はいつだってそれを証することのできぬ父祖のものであり、しばらく観察すれば過剰に尊大なだけで当人にはなんの取り柄もないことがありありとわかってしまう。

「いまは浪々の身なれど、一朝事あらば」

これが、当の長十郎の口癖で、争乱が、戦が起きることを心待ちにしているのだった。けれどとりわけ武芸に秀でているわけでもない。大刀を胸に擦《こす》りつけんばかりに縦にして鐺《こじり》を真下に向けて帯に挿しいれ、吾《われ》は浪人なり——との開き直りも見苦しいそのだらけた帯刀姿、いわゆる落し差しにて周囲を威嚇睥睨《へいげい》するのが関の山、もちろん鍛錬とも無縁であり、日がな一日ごろごろして戦にて敵大将の首級《しるし》をあげて賞賛の的になるといった類の夢想に耽《ふけ》り、することといえば熊の筋を無闇矢鱈《やたら》に立派な前歯でしごくようにして延々啜《すす》り、あげく生白い繊維だけに仕立てあげ、それを奥歯でねちょねちょ嚙み続けるか、天麩羅《てんぷら》の衣のような色に焼きあがった銅鑼焼の皮を剝《む》いて、中の餡を塩嘗指《しおなめゆび》にて刮《こそ》げ、餓鬼のごとく指先を口に入れて目を細めることくらいなのである。

暮らし向きはすべて靜がみていた。だからこそ新三が御令閨様などと皮肉っぽく口にしたわけだが、当の靜は愚痴はおろか一切の不平不満も口にせず、いつのころからか干菓子のはいった黒漆塗りの提重筥《さげじゅうばこ》を携えて武家屋敷や寺院などに売り歩くようになり、これが意外に莫迦《ばか》にならぬようで、長屋暮らしではあるが海野家は極貧というわけでもなく、長十郎が銅鑼焼を食えるくらいの余裕は充分にあった。ただし甘い物に目のない長十郎が重筥の中の干菓子に手をだしたときは、さしもの靜もぐいときつい上目遣いで睨《にら》みつけ、迫った。

「これは商いのもの、御足《おあし》に替えるもの、一切の手出し、なりませぬ」

ぴしゃりと叱られて、古びた干菓子よりも銅鑼焼のほうがなんぼかましという計算が働いて、以来干菓子には手をつけていない。なによりもあっさりあきらめたのは、長十郎が口にした干菓子があろうことか黴臭《かび》かったからである。

そもそもが多少なりとも余裕があるのだから、あえてこのような貧乏長屋に住まずともよいようなものだが、平河天神から道ひとつ隔てて馬場があり、長屋にまで蹄《ひづめ》の音がとどく。ここいらに引っ越してきた者は、耳が慣れるまではパカポコやかましいと罵るものだが、長十郎は蹄の響きや鞭《むち》をくれられて猛《たけ》りを隠しもしない嘶《いなな》きが聞こえると、ごろりと仰向けに横たわって目を閉じる。脳裏には悍馬《かんば》に跨《また》がって戦場を疾駆する己の姿がある。馬場の蹄の音が高まると、長十郎の様子が尋常でなくなる。転がったまま蹄の音に合わせて揺れながら両手を掲げ、中空でなにやら騎射の仕種《しぐさ》をはじめる。もちろん傍らで針仕事などしている静が眉を顰《ひそ》めていることなど気付きもしない。そもそも弓などまともに射たこともないくせに、黒漆塗、三人張の強弓《つよゆみ》を馬上にてぎりりと引き絞って狙いを定める。分厚い唇から、ひょおおおお――と弓矢が気を裂くのを摸した奇妙な声音《こわね》が洩《も》れ、静が顔をそむける。長十郎の放った腸抉《わたくり》の矢は狙い違《たが》わず敵大将の脇腹に見事に突き刺さり、大将は翻筋斗《もんどり》うって落馬する。付き随《したが》う者たちが返しのきつい鏃《やじり》ゆえに引きぬくこともままならず、おろおろ慌てふためくところへ一気に駆けこんだ鎧《よろい》武者――長十郎は慌てず騒がず者共を斬り棄て、大将の首を落とす。

最近、それに加わったのが切腹である。もともと切腹作法は浪人ゆえに過剰に武士にこだわった父にとことん仕込まれたらしい。浪人の子は浪人であり、しかも子である長十郎も浪人という立場を投げ出さずに苗字《みようじ》帯刀にこだわって妄想に生きているという悲しき現実はさておき、この亡き父が長十郎に輪をかけたとんでもない人物だったらしく、己を棚上げして、ずいぶん厳しく長十郎を仕込んだという。その結果がこの程度であるから、教えというものはじつに難しい。人という器に入る水の量は大小様々、小さな器にいくら水を注いでも無駄という好例ではあるが、長十郎は思い出したくもないのだろう、父について語ることはない。だが切腹については以前からいつでも腹を切れると嘯《うそぶ》き、滔々《とうとう》と語ることがあった。安いはったりが滲《にじ》みでるばかりで、もちろん誰も耳を貸さない。

それがどういう風の吹きまわしかこの頃、切腹について喋《しやべ》るだけでなく、襤褸《ぼろ》扇子《せんす》を短刀に見立てて、あれこれ仰々しい科白《せりふ》付きで切腹の一部始終を演じるようになったのである。形態は追腹《おいばら》だったり詰腹《つめばら》だったり無念腹《むねんばら》だったりと、その時々によって筋書はちがうが、どうやら長十郎本人は切腹ごっこで我が身を犠牲にして果てること、武士の散り際に得も言われぬ魅力と快楽に近いものを感じているようだった。最近、気に入っている筋書は、長十郎は城主で籠城しているのだが、いよいよ城が落ちんというとき、部下の助命と引き替えに切腹、見事に散るという己を都合よく自己犠牲の英傑に仕立てあげたものである。人は己にないものを求めるということの典型ではあるが、たまらないのは靜である。夫が扇子を腹に突きたてて、うっ、くっ、おお――といった思い入れたっぷりの奇妙な呻《うめ》きをあげ、演じることに這入《はい》りこんでしまったせいで息を荒らげ目を剝いて妙な汗を滴《したた》らせ、挙句の果て、切開したつもりの見苦しくも生《なま》っ白《ちろ》いぶよぶよな腹のたるみに手先など挿しいれて腸《はらわた》を摑《つか》みだしたつもり、常軌を逸した怒声と共に腹の中身を投げつける仕種などするものだから、顔をそむけて早くごっこが終わるのをひたすら待つばかりであったし、靜の紅を腹に塗りたくって御満悦の面持ちのときは、さすがにその論外な自己陶酔に辟易《へきえき》し、滅多にないことだが癇癪《かんしやく》を破裂させたものである。

九尺二間の長屋を覗《のぞ》くと、真っ先に目に入るのが壁際に仰々しく据えられた古色蒼然《そうぜん》たる甲冑《かつちゆう》だ。愛想で、御立派な具足でございます――などと口にしようものならば、先祖伝来云々とひとくさり始まる。べつに愛想を口にせずとも、一瞥したら仕舞いだ。あやしい能書きをさんざん聞かされる。しかも、その者がつい先日、同じ話を聞かされたとしてもお構いなしで捲したてる。ゆえに大家をはじめ近所の者は用事があって腰高障子を開いても、あえて虚《うつ》ろな眼差《まなざ》しをつくってそこに何もないがごとく振る舞う。そもそもいかに贔屓目《ひいきめ》にみても寄せ集めの鎧兜《よろいかぶと》である。赤錆《あかさび》が浮いて罅《ひび》の入った六十二間の筋兜に無理遣り鍬形《くわがた》をくっつけた兜蓑《かぶとみの》をかぶせてある。胴も戦のときに足軽雑兵に貸し出される御貸胴《おかしどう》にすぎず、あちこち綻《ほころ》び、虫食いだらけだ。ひところは隣近所の者たちが、御借胴《おかりどう》でどうだと威張られても、どうにもこうにも――と、己の額などぴしゃりと叩いて冴えない駄洒落《だじゃれ》を飛ばしたものだが、さすがにいまではそれを口にする者もいない。長十郎のことを知れば知るほど近寄りたくもないし、できれば口もききたくないというのが本音であった。

とにかく一日中なにもせずに熊の筋ばかり囓って滋養をためこんでいるせいか、長屋の者が、またおっぱじめやがった――と呆《あき》れるほどに静に重なる。しかも、これも身勝手な性来性根の為《な》せる技か、はじめた刹那に仕舞いとはこれ如何《いか》に――と戯《ざ》れ言《ごと》で揶揄されるほどに早い。静の喘《あえ》ぎが聞こえるわけではない。ただ、どすどすがたがた派手しい揺れが伝わり、またかと眉を顰めたとたんに長十郎の常軌を逸した雄叫《おたけ》びじみた終局《しまい》の声が届くといった有様である。ちなみにハマグリ屋が近いことから仕入れにいいと右隣に間借りした蜆《しじみ》売りは、こちとら朝が早えのに年がら年中騒がれて満足に眠れもしねえ――と辟易して、すぐに越してしまった。以来、右隣は空き家である。

「まだ――」

昼日中《ひるひなか》だぜ、という言葉を省いて左隣の新三は頰など搔《か》いて舌打ちする。残暑の厳しい日で、並の者ならばとてもその気にはなれぬだろうに、薄壁一枚隔てて今日も長十郎が大暴れである。これで静の艶っぽく切ない声でも聞こえればべつの愉《たの》しみもあるが、地震と紛《まご》うばかりの揺れと長十郎の吼《ほ》え声ばかり、救いは即座に終わることだ。井戸端で囂《かしま》しくお喋りに興じている嬶共も長十郎の仕舞いの声が聞こえた瞬間だけ投げ遣りに肩を竦めはするが、そのほうを見もせずに即座にお喋りにもどっていく。

俺ならせいぜい啜り泣かせてやることができるのにな——と、手枕をといて、縁無畳《へりなし》の上を手探りして賽子《さいころ》を手にする。軽く合わせた掌《てのひら》の中で踊る賽子を見もせずに畳の上に投げると、九のぞろ目である。もちろん鉛を仕込んだ如何様《いかさま》賽だ。が、とにもかくにも手指の器用繊細なことこの上なく、賽の目を指先で読みとることなど朝飯前の博奕《ばくち》の腕と優男ぶりを活《い》かして、こうしてぶらぶらしていながらも数人の情婦《いろ》を賽子のごとく転がして遊び暮らしていた。

長十郎の独り相撲もすぐに終わり、新三は転《うた》た寝し、さんざん寝汗をかいて円通寺の捨て鐘の音で目が覚め、情け容赦ない西日に顔を顰め、胸の裡《うち》で鐘の音を七つ数えて、同時に隣からとどく茶碗などが触れあう音を聞いて苦笑した。武家の夕食が申《さる》の刻であることから、長十郎は必ずこのころに静に夕食を用意させるのである。四半刻も賽子を弄《もてあそ》んでいただろうか、新三は気怠《けだる》げに上体を起こす。隣の夕餉《ゆうげ》も終わったようだ。昨夜は呑《の》みすぎた。こんな時刻になっても酒精が残っていて食慾《しよくよく》はないが、なにか口に入れておかねば保《も》たぬ。だが、それよりもなによりもこの刻限になると二日酔いの最後っ屁《ぺ》のような弥怠《よだる》さを押しのけて蟲《むし》が騒ぐ。

博奕である。長屋からもっとも至近の陸奥七戸藩《みちのくしちのへ》は南部丹波守の江戸屋敷中間部屋でも覗《のぞ》くか、と膝に手をついて立ちあがる。博奕のことを思ったとたんに欠伸《あくび》も懈《だる》さも引っ込む都合のよさに自嘲の笑みが泛《うか》ぶ。手拭いを肩に引っかけて外にでる。汗を拭うだけでなく、石を仕込めば兇器《きょうき》にもなる。優男だがめっぽう荒事が好きなのだ。梅雨のころ、長十郎が小童を蹴り倒した天神前の道にでる。だらだら歩きながらしばらく行くと、思いがけぬ後ろ姿が目にはいった。

「静じゃねえか」

呼び棄てて、さりげなく跡をつける。なにか届け物でもあるのか提重筥を携えている。新三は静に懸想《けそう》していた。ときおりさりげなく秋波を送りもするのだが、そして静もあきらかに新三の想《おも》いに気付いてはいるのだろうが、なにせ平河天満宮の石段のほうがまだ愛想があると長屋の男共のぼやきが洩れる静である。ま、あれだけの器量なら、あちこちから色目も遣われるだろうからな——と割り切りを働かせる新三だった。押しの一手など無粋きわまりないという新三なりの自負もあった。けれど、こうして跡をつけていると、見るからに盛りの腰つきなど震いつきたくなるほどで、思わず生唾を飲む。

どうやら四谷御門の方角に向かっているようだ。夕焼けの色はいかにも秋めいて透き徹《とお》っているが、地面にはまだ昼間の熱が残っているのと昂《たか》ぶりで、新三は幾度も額や首筋を拭った。

十町ほども歩いたか。あたりがやや薄ぼんやりしてきて、靜の臀《しり》のあたりに投げる目をすこしだけ凝らすようになったころ、麴町九丁目から右に折れて素早く薬師横町《やくしよこちょう》の筋に入っていき、靜は裏口から曹洞宗常仙寺に消えた。先は左を御堀に、右を千鳥ヶ淵にはさまれて延々武家屋敷が続くばかりで人通りがはたと途絶え、妙に心淋《うらさび》しい。門が閉まっているので、差しあたり靜の跡を追って境内に這入りこむわけにもいかぬ。ふむと尖った顎の先など弄《いじ》りまわして思案に暮れる新三であった。

「まさか――」

呟《つぶや》いて、小首をかしげるようにして苦笑する。

「まさかなあ」

土塀に背をあずけ、腕組みする。

「まさか、提重」

鋭い眼差しが、まさか――と繰り返す己の言葉を裏切っていた。まさに意外ではあったが、新三は確信してしまっていた。提重と号して、しょこなめさせるなり――というやつだ。しょこなめとは、ちょんの間売春のことである。すなわち提重とは、提重箇に菓子などを入れて物売りを装って武家や寺などを訪れて売色する私娼のことをいう。提重箇の中身は、腐らずに使い回しがきくことから干菓子が多いと聞く。

素早く周囲を見まわす。もはや肚《はら》が据わってしまっていた。ゆえに静が消えた裏口からあえて堂々と境内に入り、植え込みに姿を隠す。息を潜めていると藪蚊《やぶか》が鬱陶しい羽音をたてはじめた。左の下膊《かはく》にとまったのを見定めてからぴしゃりと叩き潰して、まだ居やがるのかと舌打ちして顔など食われてはたまらぬと手拭いを巻きつけた。

「こりゃあ血を吸われたぶん、しっかり元をとらねえとな」

提重ならばしょこなめ、そうそう長居はしないだろうと当たりを付けはしたが、新三も実際の提重を知らぬから、どうなるかわかったものではない。万が一夜通しだったりしたら目も当てられぬ。

「こうなりゃ、意地だぜ」

さいわい季節柄か藪蚊もおとなしくなり、新三は手の中の賽の目を指先で読みつつ、これからの指慣らしをするのだった。もはや博奕のことなど彼方に消え去り、この指先で静の軀《からだ》をさぐることしか頭にない。なにしろ腹が減っていた。空腹時の新三はやたらと喧嘩《けんか》っ早い。あるいは色慾が異様に亢進《こうしん》する。いまの新三は心悸《こころときめき》をひどくもてあまして唇の端を歪《ゆが》めていた。

半刻ほどもしたか。四谷見附の御門が閉じるころだろう。ついこのあいだまではまだ明るかったのだが、卯《う》の空の小望月が妙にくっきり見える。静が姿をあらわした。虫の音が一瞬、とまる。申し合わせたかのように月は薄雲に隠れてしまった。新三はすっと立ち、常仙寺からでると、人通りの一切ないことを確かめて声をかけた。

「御新造さん、御新造さん。こんな刻限に干菓子売りですかい」

驚愕《きょうがく》のあまり靜は声もでない。

「長十郎の旦那にそこまで尽くすなんざ、妻君《めぎみ》の鑑《かがみ》。それとも旦那があまりに素早いんで火照《ほて》った軀を冷ます一石二鳥ってやつでございますか」

見るまでもなく靜の胸が烈《はげ》しく上下しているのを感じとり、新三は柔らかく身を寄せ、当然のように言う。

「さ、その重筥、お持ち致しましょう。でないと提重と思い紛う者もおりますぜ」

柔らかく、けれど有無を言わさず靜の手から提重筥を奪う。そのままごく抑えた声と真顔で囁《ささや》く。

「懸想しておりました」

「どうすれば――よいのです」

かろうじて声をだした靜に頬寄せて、その笄 髷《こうがいわげ》を崩さぬよう新三は顔を巧みに傾けて、旺盛な髪の香りを愉しみながら、かたちのよいこづくりな耳に遠慮なく唇を触れさせる。蛇の道は蛇という枕 詞《まくらことば》を呑みこんで、密《ひそ》め声で言った。

「遊び人とお思いでしょう。が、だからこそ口は堅いんでさあ。――一度だけ思いを遂げさせていただければ」

因果を含めながらも、一度で済むはずもねえやな、と胸の裡で嘲るように呟きつつ、静の耳朶《みみたぶ》から火がでているのを唇で感じとり、さらになにも言わずに唇をごく幽《かす》かにこすりつける。荒れ気味の唇であることを悟っているからこその嬉戯である。情婦には舌を挿しいれるようなことまでするのだが、さすがにいまのところそこまではしない。触れるか触れないか、けれどざらっと逆撫《さかな》でするような新三の絶妙な唇に、静はくぐもった息を抑えきれず、軽く中天を仰ぐようにして立ち尽くした。新三は深追いせず、あっさり顔を離す。静は瞬《まばた》きを忘れて新三の横顔を凝視する。新三は視線の刺さるあたり、頰を軽く掻いて柔らかな笑みを泛べた。獲物を絡めとった満足からくるものだが、それが露骨で残忍な男の笑いにならぬあたりが新三の長《た》けたところであった。重筥を提げて当然のように静の前に立ち、歩きはじめる。付き随う静に問う。

「旦那は刻限を気になさらないんですかい」

「――おそらく芸者のところでしょうが、最近、御酒を覚えました。それも昼日中から」

一呼吸おいて、付け加える。

「夏の間ならまだ薄明るいですから」

「なるほど。暑い日中に干菓子売りでもございませんからね」

双方、都合のよいように解釈してやがるのか――と声にださずに失笑気味に頰を歪めると、靜が吐き棄てるように言った。

「いまごろは高鼾《たかいびき》」

新三は肩を竦める。長十郎自身が、匂いを嗅いだだけで顔が赤くなると開き直っていたのを思い出す。

「飲む打つ買うを一切なさらねえのが取り柄と思っておりましたが」

「――どうやら買うのも、ときおり」

「そうでしたかい」

芸者で酒を覚えたと言っていたことを反芻《はんすう》し、それ以上はよけいなことを言わぬ。辻《つじ》番《ばん》を避けて隼丁《はやぶさちよう》の町屋の博奕仲間のところに足を向ける。靜を待たせ、提重筥を人質のように手にした新三は素早く悪友と掛け合った。負けをちゃらにしてやるからということであっさり話がついた。袂《たもと》で顔を隠すようにして待っていた靜も肚を決めたようだ。汚えところだがと首を竦めつつ、様子を見ながら抱き寄せると、靜は紮《から》げた打ち掛けをはだけ、前結びの掛下帯を見せつけるようにした。あわてることはねえやな――と上擦った声で囁いて、それでも新三は賽の目をさぐるかのように靜の首筋に指先を這わせる。とたんに靜の目の色が変わった。

＊

いくらなんでも、まずいだろう——と呆れる新三であった。あろうことか静は雨戸を閉じないでくれと命じる口調で迫り、長十郎をとことん酔わせ、入り口からではなく、裏の障子戸の側から縁側を伝って新三のところに忍んでくるのである。

もちろん、それはやばな事と諫《いさ》めても隣の長十郎の高鼾が聞こえるなかでの秘め事、はらはらのどきどきはお互いの昂ぶりを弥《いや》が上にも増す。新三も殊更叮嚀《ことさらていねい》に静の軀を舐《ねぶ》り、自慢の指先で弄《いら》う。すると静は壊れた人形になり、翻弄され放題、声など洩らしてはまずいから必死で新三の汚れ布団の端など嚙みしめ、怺《こら》えに怺え、耐えに耐えて啜り泣き、その身をはしたなく左右にくねらせたあげく、肌を合わせれば延々加減がきく新三にいいようにあしらわれて目尻に涙をにじませ、唇の端から我知らず涎《よだれ》を垂らす始末で、いよいよ新三が仕舞いを訴えれば、新三を持ちあげんばかりに反って痙攣《けいれん》しながら気を遣る。しょこなめさせていたわりには初心《うぶ》で、ただただ受け身にて技巧も知らず、折々に男を悦《よろこ》ばせる手管《てくだ》、さらには上下左右に自在な腰遣いなど教えこめば、その小刻みな、けれど烈しく貪《むさぼ》る揺れ方に神棚までもが震えだして新三のほうが心配を抱く始末、手前勝手に爆《は》ぜて仕舞いな長十郎は当然のこととして、提重にて寺を主に僧侶にて己を充《み》たしつつ御足も稼ぐという遣り口は、所詮は垢抜《あかぬ》けぬ坊主相手であり、しかも銭が絡むがゆえに長十郎との媾合《こうごう》と大差ない有様だったらしく、このように好《よ》いことだったとは——と口惜しげに呟く靜は一気に花ひらき、いよいよ貪婪《どんらん》になっていくのだった。

当初は熟した肌を存分に愉しんだ新三も、夜な夜な忍ばれてはたまらない。勢い他の情婦との関係もままならず、好きな賽子も転がせずと、徐々に情の強《こわ》い靜を持てあますようになってきた。物珍しさから手をだした果実も、皮を剝いて実を食べれば、ただの果実。つまりどこにでもある果実というわけで、女も剝いてしまえばその実質があからさまになる。抱き心地は並の上といったところだが、その常軌を逸した色慾に新三は辟易しはじめていた。靜が執念を見せれば見せるほど急速に新三の想いは冷めていくのだった。

それでも騒がれてはまずいとの思いから、新三はなかば御勤めのような気分で靜と肌を合わせた。こうして目合《まぐわい》を為してしみじみ思うのは、靜と長十郎、似た者夫婦であるということだ。どちらも恐ろしく身勝手なのだ。情婦の一人など新三を独占したいくせに、あたしはいいから好きなところに行って——などと囁いて、どこで手に入れたのかそっと豆板銀を握らせたりもする。靜も多少なりとも新三に対する気遣いでも見せればかわいらしいものだが、とにもかくにも己の色情の都合しかない。冷めた気持ちが嫌悪にまで変わるのに時間はかからなかった。息が真っ白になったころ、雨戸を閉めきった。

静の気配にじっと息を殺していると、新三の背に厭《いや》な汗がにじんだ。静だが、さすがにどんどん叩いて騒ぐわけにもいかず、さりとて正面から訪れることもできぬ。けれど翌朝おそるおそる一瞥した静は般若《はんにゃ》の形相で、とんでもないもんに手をだしてしまった――と新三は首を竦めるのだった。

長十郎と静の暮らしにも問題が起こっていた。篠竹《しのだけ》をばさばさ振り動かして十三日の煤払《すすはら》いも終え、さらに節分も終えて、あと十日ほどで天明五年も大晦日《おおみそか》といったころ、ついに蓄えがほぼ底を突いたのだ。それは当然ながら静が新三に入れ込んで干菓子売り、いや提重に励まなかったことによる。ただ単に蓄えが尽きたなら、ひもじい思いをして正月を迎えればよいだけのことであるが、問題は長十郎が町芸者に入れ込んで借財を拵《こしら》えていたのである。どうも怪しいと折々に疑念を抱いてはいたのだが、まさか借金までして女を抱いているとは思いもしなかった。飽きもせずに甘い物を――と内心小莫迦にしつつ、おかえりなされまし、と頭を下げたとたんに、いきなり偉そうに金を返さねばならぬと告げられたのだった。

どっちもどっちであるが、銅鑼焼を買ってふらふらしているばかりと思っていた夫が本当に昼日中から附《つ》けで芸者にのしかかって愉しんでいたことを知った静は、静かに怒りを燃やした。なるほど、疑念どおり、それで以前と違ってたいして相手をしなくても騒ぐこともなかったのだ。ただ問題は盆暮勘定《ぼんくれかんじょう》、つまり附けで遊んでいたことだ。大晦日の数日前には、まちがいなく貸し方が取り立てにやってくる。その取り立ては途方に暮れるほど大仰で、下賤《げせん》の者まで雇って大晦日の深夜まで大騒ぎされる。以前、長屋の者がそれで非道《ひど》い目にあっている。体裁をかまうならば否が応でも支払わなければならない。長十郎は牡丹餅などにちゃにちゃ食いながら横柄になんとかしろと迫るばかりで、見栄張りな静は借金取り立てに騒がれるなど耐えられぬ。こんなことになったのは新三がよけいな手をだしてきたからだ――と逆恨みする始末であった。

「長十郎の旦那が遊んで拵えた借金を俺に始末しろと――」

「そうです。あなたがよけいなことをするから提重にも出られなくなって、この態《ざま》ですから」

「いくらなんでも筋違いじゃねえか」

「いいえ。責めを負ってくださいませ」

「負ってくださいませって――」

呆れかえってしまった新三をきりりと見据えて、静は抑揚を欠いた声で言った。

「どうせあなたは避けるばかり。わたし、また提重に出ようと思っております。これで、どうですか」

「これでどうですって、じぶくるのもいい加減にしてもらえませんかね」

投げ遣りに吐き棄てながらも、新三は素早く算段していた。ここのところ静から逃げるために夜になると賭場に出入りして結構な上がりを手にしていた。払えない額ではないのだ。芝居臭く深い溜息をついて言う。

「ならば、手切れ金てことで立て替えましょうかね。いかがです」

手切れ金——と肩を落として息をついた静であったが、刺すような上目遣いで不承不承それを呑んだ。当の新三は、これで完全に般若と切れるなら安いものだとさばさばしたもので、それでも充分にもったいつけて数日後に言われるがままの額を渡したのだった。

鳧《けり》がついた長十郎とじつはその借財を代わりに用立てた新三が顔を合わせたのは、大晦日まであと四日、空っ風が吹きすさぶ午過《ひるす》ぎだった。目顔で挨拶した新三に対して、憂いの失せた長十郎は、いつにもまして鰓《えら》が過ぎた。

「おい、町人」

なんだ浪人——と返したいところだが、かろうじてそれを呑みこんだ新三である。それにしても隣に住んでいる者の名さえ憶《おぼ》えぬのかと呆れ果てた。てめえの借金繕ったのはこの俺様だぞ、と険しい目で見つめかえす。

「なんでも日々遊び暮らしておるらしいではないか。許されることではないぞ」

思わず庖丁《ほうちょう》でも取りにもどろうかと熱《いき》りたったが、それをぐっと抑えこんで笑みを拵える。そっと身を寄せる。

「ねえ、旦那」

「なんだ、薄気味悪い」

「人をちょらしてばかりいねえで、ちったあ身内に心を砕いたらいかがですか」

「なにが言いたい」

「暮れも押し詰まったってえのに、近ごろ、また御令閨様が干菓子売りをはじめなすったらしいですね」

知ったことかと長十郎は雑に肩を竦める。

「提重って御存知ですか。いちど御令閨様の跡などつけてみてはいかがです」

＊

めずらしく長十郎は左隣、つまり新三の気配を気にしていた。まさか同じようにして静が忍んでいたとは露知らず、縁側を伝って新三の部屋を覗きこむほどだった。どうやら不逞町人は、暮れも押し詰まっているというのに博奕三昧で不在だ。右隣は空き部屋だから気配りも不要と肚を括《くく》る。雨戸を閉めきってしまい、証跡《しょうせき》は押さえてあるのだ——と切り出す。

静は目を合わせようとしない。

己の所有物であると信じて疑わなかった女が、あろうことか春を鬻《ひさ》いでいた。武士の妻が重笞を提げて坊主に股を開いていた。思わず皮肉っぽい声が洩れる。

「どうりで黴臭い干菓子だったわけだ」

嫌らしく睨《ね》めまわして、その項《うなじ》に視線を据える。白く艶《なま》めかしい。この肌をよその男が愛《め》でたのか、それも坊主が——と思ったとたんに破裂した。それでも大声をださぬのが小心な長十郎らしいところで、近所に洩れぬよう、ごく小声で迫る。

「不義密通は重ねて四つにして殺してもお構いなしという」

静は、ふっと短く息をついた。

「不義密通ではございませぬ」

一呼吸おいて、捲したてる。

「それもこれも何方《どなた》かが日々遊び暮らしておられるがゆえ。霞《かすみ》を食べて生きてゆかれるならば、わたしも意に染まぬ干菓子売りなどせずにすみましたものを。何方かに甲斐《かい》性《しょう》が御座りましたら、わたしも妻女を全うできましたものを。なんらかの手立てにて稼がねば生きてゆくことができず、否応なしということでございます」

「なぜ、待てぬ」

「なんのことで御座います。みみっちくも附けで町芸者と遊ばれる何方様かを、ちまちま紙風船づくりの内職でもしてお待ちしろと申されるのですか。まさか内職で芸者遊びの附けを綺麗《きれい》にして差しあげることができたとお思いですか」

「だからな、待てと申しておるのだ。一朝事あらば――」

「一朝事あらば。事など御座いませぬではありませぬか。事とは島原は天草の一揆《いっき》で御座いますか。あるいは素浪人が空騒ぎなされた慶安の変くらいしかわたしには思い泛びませぬが。いったい、あれからどれだけたっておいでだとお思いです」

大きく息を継ぐ。金切り声をあげる。

「どちらも百五十年近く前のことで御座います。以来、天下泰平、一朝事あらばなどとよくも口にできたもので御座います」

「これ、声が大きい」

「何方かにとっては、これこそが一朝事ありきといったところで御座いましょうが」

「これ、静、静、鎮まりなさい」

「恥を知る男ならば、とっくに腹を切っているところで御座いましょうに。扇子など弄んで切腹の真似《まね》だけで悦に入る何方かには、なにを言っても無駄でしょうが」

「だからな、そんな大声をだしてはな」

「いったい誰のために春を鬻いでいたか。独活の大木、恥を知れ。恥を知るなら、腹を切れ」

叫び声をあげ続ける静をもてあまし、かつ独活の大木呼ばわりされて頭に血が昇った長十郎がのしかかる。静は裾を乱してさらに大騒ぎする。烈しく揉《も》みあい、絡みあった。暴れまわる静の形相は怨《うら》みのこもった凄《すさ》まじいもので、長十郎の背に冷たい汗が流れるほどであった。

女と侮る心がどこかにあった。爪を立て、ところかまわず噛みつき、髪を振り乱して信じ難い力で暴れまわる静からは、あからさまな殺意が放たれていた。火事場の莫迦力ならぬ怨みの莫迦力、とても押さえつけられるものではない。爪を立てられたあちこちからの出血ばかりでなく、顔面を足袋のうしろで蹴りつけられたとたんに、あれほど頑丈を誇っていた前歯が歯茎の肉を引っ張ってだらりと落ちた。あまりのことに腰がくずれそうになった長十郎だったが、剝いた白眼《しろめ》を血走らせた静は唇を笑みのかたちに歪めて迫りくる。それをどうにか受けとめて、まるで目合のかたちになった。はったりばかりで意気地のない長十郎にとって、生まれて初めての組み討ちだった。まさに戦じみていた。畳の上の戦場であった。

必死に騒ぎをおさめようと足掻《あが》く長十郎だったが、ふと気付いた。

狼狽《うろた》えて揺すってみる。

静、静――と声をかけるさなか、静の失禁に気付いた。

微動だにしない。

口の端から飛びだした青黒く変色した舌先がぎこちなく揺れるばかりだ。

うである。

静は息をしていなかった。

暴れまわるのを押さえつけ、喚《わめ》く声を抑えようとして、期せずして喉を絞めていたよ

まさか——と途方に暮れ、あまりにあっけない終局に長十郎は呆然《ぼうぜん》としたあげく、見苦しく周章《しゅうしょう》した。

「なんとかしなくては。なんとか。このままにしておけぬ。隠す。隠さなくては」

きょろきょろ落ち着きなくあたりを見まわした長十郎の目に否が応でも飛び込んできたのは、亡き父から先祖伝来と教えられた甲冑であった。長十郎は顫《ふる》える手で静の着衣を剝ぎ、その腰巻きで失禁の汚れを拭いとると、いそいそと屍体に甲冑を装着していく。この狭い九尺二間に具足一式とは、うまい隠し場所があったものである。幸い年の瀬、まだまだ冷えるから腐臭を放つまでにはしばらく間がある。

一息ついた長十郎は、そっと外の様子を窺《うかが》った。もちろん住人たちにしてみれば夫婦喧嘩は犬も食わぬし、まして海野家である。苦笑いして無視するだけである。どうやら露見しておらぬと胸を撫でおろして、心張棒を支《か》ってしまう。明日は大晦日。正月の夜半にでも静の骸《むくろ》を運びだそうと頷き、これにて一件落着と火鉢を引き寄せる。蹴り折られた右前歯のあたりを弄くりまわすと、鈍く痛む。

抱いていた火鉢の火が完全に終わったのは丑三《うしみ》つ時だった。いける炭の在処《ありか》もわから

ぬまま長十郎は冷えきった火鉢を抱いて身震いし、そっと甲冑を見やった。兜の面頬《めんぼお》の奥から靜がじっと見おろしていた。

ずっと見られていたのか――。

長十郎は生唾を呑んで、奥歯を鳴らした。

恐れと心細さが一緒くたになったじつに不安で落ち着かぬ心持ちだ。靜を絞め殺してしまったということは、じつは庇護者を喪《うしな》ったということだ。命の綱を自らの手で断ち切ってしまったのだ。長十郎はそのでかい図体を母のない子のように縮めた。けれど抱いた火鉢にもはや温もりはない。耳の奥で靜の怒声が谺《こだま》する。――いったい誰のために春を鬻いでいたか。独活の大木、恥を知れ。恥を知るなら、腹を切れ――独活の大木、恥を知れ。恥を知るなら、腹を切れ――恥を知るなら、腹を切れ――腹を切れ。腹を切れ。腹を切れ。腹を切れ。

腹を切れと靜にひたすらなじられ続けて朝がきた。歯の根も合わぬほどに冷え込んでいるが、さすがの長十郎も衝立《ついたて》の奥の夜具に手をつける気にはなれずに凍えた火鉢を前にひたすら座り続けていた。行く末を思うと、なにもかもが面倒で、嫌になってきた。靜が喝破したとおり、一朝事などあるものか――というのがいまの長十郎の本音である。精一杯の虚勢もここまでだ。靜がいなくなって、すべてが事切れてしまった。自分が息をしているのが不可解な気さえする。

「腹でも、切るか」

力なく呟くと、刀を引き寄せる。本気ではなかったが、把《つか》を握りしめたとたんに奇妙な力が湧き、鼻の穴が拡《ひろ》がって目が据わった。長十郎当人は、それがはったりによく似たもの、以前からの切腹の妄想の続きにすぎぬことに気付いていない。

「見ておれ、武士の死に様を。見事十文字に腹、掻っ捌《さば》いてみせてやる」

息んだものの、短刀はおろか四方さえもない。あたりをきょろきょろ見まわして代わりになる物をさがすが、そうすると否応なしに鎧兜が目に入る。じっと見おろす静の視線が刺さる。とたんに長十郎は拗《す》ねた子供と同様に居丈高に突っ張った。

かたちではないわ。心意気よ——と刀を抜いて、その青褪《あおざ》めた刀身と対峙《たいじ》したとたんに怖《お》じ気《け》がはしった。あわあわ狼狽え、それでも剝いだ静の着衣の長刀袖《なぎなたそで》あたりを刀身に巻きつけた。目を堅く瞑《つぶ》って腹に刀を突きたてた。控えめな痛みを感じてから、小袖の前をはだけもせずに刀を遣ってしまったことに気付く。不調法、不調法と繰り返して前を開くと、小袖のその部分がすっぱり切れて、腹が露《あら》わになった。刀が思いのほか深々と腹に突き通っているのがあからさまになった。とたんにいまだかつて知らぬ尋常ならざる痛みが左の腹から全身に散っていった。この世が反転した。すなわち朝の光が暗黒に、暗い部分が異様に輝いて、長十郎は深く長く呻いた。苦痛のあまり前屈《まえかが》みになったとたんに鵐目《しとどめ》が畳の縁に引っかかって、刀身はますますずぶずぶと腹の中に這入りこんでいった。

灼《や》け火箸を突っ込まれたかのような——と亡き父が吐《ぬ》かしていた。冗談ではない。そのような生易しいものではない。死にそうな痛みだ。死にそうな——。

そうだ、この痛苦を霧散解消してしまうためには、死ぬしかない。死んでしまえば、もう痛くない。そう眦《まなじり》決した長十郎は、渾身《こんしん》の力にて左腹に突きたてた刀を右にじわりと動かした。楽になれると思った。それなのに、さらに痛みが激烈となって、嚙みしめた下唇が欠けた前歯のあたりを残して、中途半端に千切れ落ちてしまった。が、力がでたのはそこまでで、なにやら抜け落ちるがごとく長十郎は首を折った。

その瞬間は死ねたと思ったのだが、幻だった。周期的に痛みが襲い、蟀谷《こめかみ》が罅《ひび》割《わ》れ、裂けそうだ。目玉が突出して、畳の上に落ちそうだ。十文字に掻っ捌くなど到底不可能であることだけは実感し、切腹に介錯《かいしやく》が付きものな理由を我が身で知った。せめて喉を突いて死にたいと願うのだが、奇妙なことに痛みを感じはするし、朝の早い長屋の連中の気配、周囲の様子もとどくのに、あろうことか臭いまでも感じとれるのに、なぜか軀が微動だにしない。己が刀を支《つっか》え棒のようにして血の池の真ん中に前屈みになって座していることはともかく、おそらく腸を裂いたのだろう、まさか己の便臭を嗅がされるとは思いもしなかった。

大晦日の朝、新三はもっとも健気な情婦のお丈《たけ》を伴ってもどった。怪訝《けげん》そうなお丈に照れくさそうな笑みを向ける。まあ、まあ、と招じ入れ、異臭に気付き、お丈と顔を見合わせて小首をかしげる。お丈の口からは言えなさそうなので、新三が言った。

「なんか、やたら汚穢《おわい》くせえな」

言い訳がましく呟く。

「大晦日だってのにケダモノ店が懸命に仕事してるってことさ。獣だって糞《くそ》をする。俺様だって糞をするしお丈だって糞をする」

「いやな新三さん」

お丈は怒った貌《かお》をつくって新三を睨む。新三はそんなお丈の頬にそっと触れ、消え入りそうな声で囁いた。

「そろそろここも引き払いどきだな。所帯を持つか」

「所帯――」

「お丈って娘《こ》とな」

「所帯」

「繰り返すなよ。決まりが悪いじゃねえか」

そこへ、うんむ、うんむ、という大仰な呻きがとどいた。思わず新三が舌打ちして、隣の浪人が新造に乗っかってやがるんだと呟くと、朝っぱらから――とお丈は眉根に刻んだ縦皺《たてじわ》を隠さない。

「ねえ、新三さん。ここも悪かないけどさ、あたしんとこで暮らそうよ。元旦はあたしんとこで、さ」

「そうしてえのは山々さ。けど同じ長屋の三公たちと、元旦はここで屠蘇《とそ》など一献ての が習わしになっちまっててな。俺はみんなにおめえを引き合わせようと巧《たく》んだって寸法よ。柄は悪《わり》いが、好い奴らなんだ」

わかった――と、お丈は引きずらぬ表情で頷いた。新三の笑みが深くなる。

「俺はよ、おめえの情の濃《こま》やかさと、そのさっぱりしたとこに惚《ほ》れ込んじまったんだよ」

ぐいと引き寄せる。これ朝っぱらだよ、と身をよじるお丈に、隣だってうんうん言ってやがるじゃねえかと囁く。

＊

ときに気が遠くなりもしたが、死ねない。除夜の鐘を地獄の苦痛の中で聞いた。百八つの煩悩《ぼんのう》など、当然ながら他人事だ。悪いのは周囲《まわり》だ。とりわけ不貞を働いていた静だ。あげく、この仕打ちである。長十郎は世間を逆恨みし、静を呪って虫の息だった。どうやら朝がきたようだ。長十郎は際限のない痛みの中で、ひたすら静の視線を感じていた。

腹を切れなどとよく言えたものだ。このような最悪の責め苦であることを知っての上か。忌々しい――甲冑におさまった静を罵倒したいところだが、いまや長十郎は呻きを洩らすことさえできなくなり、目も見えず、ただ時折、外のざわめきを聞く。

おい、三公、どうしたってんだ、これは。わからねえ、お天道様が酉《とり》の方から居なくなっていきやがるぜ。まいったな、ちょいと呑みすぎたか。いやだ新三さん、真っ暗よ。薄気味悪い、この世の終わりかよ、昼日中《ひるひなか》ってえのに星が輝いてやがるぜ――。

そのとおり。騒ぐな、町人。無様に狼狽えるでない。拙者の命脈がいままさに尽きようとしておるのだ。暗くなるのは当然。

得心したとたんに、町人共の声が掻き消えた。

天明六年正月元日、日蝕皆既――。日蝕えつきて、未一刻にふたたびあらわれた太陽を長十郎がその目で見ることは、なかった。

登勢

登る勢いという名を親から貰《もら》いはしたが、至っておっとりしていて、すべてにおいて引き気味で、いつも誰かの背後で息を潜《ひそ》めていた。年頃になっても色恋沙汰などとは無縁、己の顔貌《かおかたち》に対する自覚もあって、そういった事柄から微妙に目を背《そむ》けてきたようなところもあった。人を恋うるとはどのようなことなのか漠然と思いを馳《は》せれば胸の高鳴りを覚えぬでもなかったが、若い男とはまともに目も合わせられぬ登勢《とせ》であった。

母は登勢を産んですぐに身罷《みまか》った。難産でもなかったが、産婆が泥で汚れた手のまま処置したことからくる産褥熱《さんじよくねつ》で体力を奪われたところに饑饉《ききん》が重なってあっさり事切れた。産褥熱による死か餓死か判然とせぬまま、おまえを産んで息絶えたと幼いころから囁《ささや》かれ、あるいは罵倒されてきたこともあって、自分が子を産むことなど思いもつかぬ。胸乳《むなぢ》もすっかり大きく張りつめて、いかにも強い子を産みそうな頑健かつ立派な腰つきではあったが、それを男からからかわれれば首まで赤くなる。その過剰なる自知《じち》が男の虐遇《ぎやくぐう》の心を擽《くすぐ》ることもあって、登勢はいつだって執拗《しつよう》な嫌がらせを受け、ますます男と距離をおくようになった。たとえば用事を言いつかり、登竜峠《のぼりようとうげ》を越えて末吉《すえよし》の集落に下っていく途中、足入婚《あしいれ》でいそいそと三根《みつね》の妻女のところに向かう男の気配などしようものならば周章《あわ》てて岨道《そばみち》を外れ、身を隠すほどだった。

女護島《にょごがしま》と称される八丈島は遠い昔にこの島にやってきた者たちの末裔《まつえい》であるせいか、あるいは難船して激浪に翻弄されながらも命からがら島に辿《たど》り着いた幾多の国々の人々の血が混じったせいだろうか、紅白粉《べにおしろい》も不要と〈海島風土記《かいとうふどき》〉に記されているように、なぜか色の白い目鼻立ちのくっきりした美しい女が多かった。女たちは、その肌の白さを際立たせようと灰澄汁《あこじる》にて丹念に洗髪し、島椿《しまつばき》の実から搾った油で手入れし、競いあって背丈にも迫らんほどまで伸ばした黒髪を誰よりも艶やかに見せようと梳《くしけず》り、鬢《びん》髱《たぼ》なしの投島田《なげしまだ》に結《ゆ》う。白い肌と緑なす黒髪の対比をはじめて目《ま》の当たりにした者は、見蕩《みと》れずにはいられなかったという。

けれど登勢はそういった身仕舞いとも無縁で、いや、まだ陽の昇らぬ早朝、人影のないことを確かめてから、ひっそり庭のすみにて柄杓《ひしやく》で汲《く》んだ灰澄汁を頭にかけて丹念に髪を揉《も》み洗いするなど手入れを怠ることはなかったが、ふとした瞬間手が止まり、土台が土台だけに磨き甲斐《がい》がないと悲しく寂しく自嘲するのだった。

秋船にて送られ、けれど風待ちのために翌春まで三宅島にて船待ちをさせられたらしい流人《るにん》が数日前に漸《ようよ》う八丈に辿り着いたと聞いたその朝、登勢は届け物を言いつかって、いつもなら海水《うしょ》をなみなみと汲んだ水桶《みずおけ》を載せる頭の上に褐色の包みを頂いて、自ら織って仕立てた鳶八丈《とびはちじょう》の裾を捌《さば》いて地面に落ちた椿の花を踏み、伸びきって行く手を邪魔する青茎こと鹹草《あしたば》を自棄《やけ》気味に薙《な》ぎ倒すようにしながら足早に行く。歩度をゆるめると、そのまま歩みが止まってしまいそうな気さえしていたからだ。

登勢は心底から気乗りしなかった。塞いでいたし、滅入《めい》っていた。頭に包みがなければひどく俯《うつむ》いているところだ。幾度も溜息《ためいき》が洩《も》れた。包みを届ける先が大賀郷《おおかごう》の番小屋というのがなによりも憂鬱《ゆううつ》の種だったが、それに加えて途中の底土《そこど》の港近くには、流人を突き落しの刑に処す宇右衛門《うえもん》ヶ嶽《がだけ》と呼ばれる黒々とした絶壁がそそり立ち、その際を抜けていかねばならぬからだ。

西山と東山が入り組み、接して断崖絶壁をかたちづくるこのあたりは、登勢の父親が生まれたころ、島の百姓左伝次の妻を刺殺した宇右衛門という流人を投げ棄《す》てて以来、底土にて死罪と島役人が宣告するだけで即座に執行されてしまう突き落しの刑場として数多《あまた》の命を呑《の》みこんできた。

先年、餓《う》えが極限に達して、普段は誰も近寄ろうとしない場所ゆえに、もしやと下ってうろついてみたところ、見事な鹹草の群生を見つけ、それでどうにか生き存《なが》えたのだが、死者の怨念がこもっているのが伝わってくるかのようで、よほどのことがないかぎりこのあたりには近づきたくない。

ちいさなころにわけもわからぬままに皆に附《つ》いて駆けていったところ、後ろ手に縛られて宇右衛門ヶ嶽に引きたてられたまだ年若な蓬髪《ほうはつ》の流人と登勢の目が合ってしまった。いまとなっては目が合ったというのは思い込みかもしれぬとは思う。流人は飢餓のあげくの肋《あばら》の浮きでた痩せさらばえて黒ずんだ軀《からだ》と伸び放題、汚れ放題、乱れ放題の頭髪を烈しく揺らせてさんざん悪態をつき、呪詛《じゅそ》に満ちた言葉を喚《わめ》き散らした。だが、なによりも、取りかこんだ島人たちの突き放した冷たい眼差《まなざ》しに身震いを覚えた。

*

そもそも流人にもかかわらず島でふたたび重罪を犯した者の処遇は、伊豆韮山《にらやま》の代官、江川太郎左衛門に諮《はか》って代官下知《げち》と称される裁断が必要なのだが、遠く海で隔てられていることもあり、いちいち下知を待っていたら何箇月かかるかわかったものではない。

流人自体も御用船に乗せられて大川佃島河岸《おおかわつくだじまかし》を出帆して、風や潮の具合がうまく重なった僥倖《ぎょうこう》のような瞬間を逃さなければ五日ほどで八丈に辿り着いてしまうのだが、それは年に数度もないとされ、現実には沖に出てたいしていかぬうちに波浪に抗《あらが》いきれずに伊豆の風待ち港に逃げ込んで遣《や》り過ごせば十日くらいすぐにたってしまう。さらに沖合においては強烈な偏西風が御用船を翻弄することもあり、必ずといってよいほどに三宅島にての風待ちを余儀なくされる。

風が鎮まっても、最大の難所である黒瀬越《くろせごえ》がまっている。島から出たことのない登勢は話にしか聞いたことがないが、いなんば嶼《しま》を遥《はる》か右に望むあたり、御蔵島《みくらじま》を過ぎていよいよ八丈にむけて南進していくうちに船は翻弄されはじめ、動揺しはじめる。聳《そび》え立って打ち迫る波浪は上下左右に容赦なく船をいたぶり、檣頭《しょうとう》、つまり帆柱の先がその傾きのあまり海面に接するほどとなる。船の先が浪《なみ》の傾斜を滑りあがって船底まで見せて半空に揚がったかと思うと、たちまちのうちに浪と浪の合間の谷底に落下する。潮水は爆《は》ぜるかの轟音《ごうおん》をともなって平然と甲板の遥か上方を打ち越してゆき、船体は捩《よじ》れ、軋《きし》む。海の色はといえば前触れの深く濃く沈みきった禍々《まがまが》しい蒼緑《あおみどり》のあたりを過ぎ、いよいよ身の毛もよだつ黯然《あんぜん》たる色味が強まってきたころ、船乗りたちはその暗黒の海に黒瀬川に至ったことを悟り、その坤《ひつじさる》から艮《うしとら》の方角に迸《ほとばし》る幅半里ばかりの海のなかの激流に対し、ただただ祈ることしかできぬという有様だという。

この黒瀬川をかろうじて乗り切ることのできるのは月に三日程度といい、うまい具合に八丈に送ってくれる風の到来と黒潮の双方が鎮まるときなど誰にも予測がつかぬ。いわば運まかせだ。結果、無数の船が海の藻屑《もくず》と消えた。関ヶ原の敗軍の将、宇喜多秀家《うきたひでいえ》が流されてくるまでは、八丈が流刑と無縁であった所以《ゆえん》である。ゆえに春に船に乗せれば他島での風待ちや黒瀬川の潮目の具合その他でおおむね半年後の秋に八丈に着くのがあたりまえであった。だから島内で流人が再犯不始末をしでかせば代官下知など有名無実、即座に自滅申しつけると宣告し、牢死、病死として委細かまわず処断していった。

また八丈に送り込まれる昨今の流人は女犯僧《にょぼん》か博奕打《ばくち》ちばかりで、煩悩《ぼんのう》を抑えられなかった坊主はともかく、島送りになるようなやくざ者は死罪一等減にすぎぬ極悪ばかり、なにゆえ無宿無頼の配流ばかり――と島人は嘆息する。悠長に構えていれば無辜《むこ》の島人に危害が及ぶ。なによりも小伝馬《こでんま》の牢が手狭ゆえの島送りということにすぎず、いかに遠島免除を申請しようが黙殺され続け、政道の不備に頬被《ほおかぶ》り、島を牢のかわりにされてしまっていることに対して島人たちも胸の奥底では疎《うと》ましさどころか、強い怨《うら》みを抱いている。ゆえに以前にも増して死罪が頻発されていた。それを男女問わず目を輝かせて見にいく者も多い。登勢はそのざわめきを悟っただけで逃げだしてしまう。

＊

頭上の届け物が歩みに合わせてかさこそ囁くのを聞きながら、登勢は熔岩《ようがん》が剝《む》きだしの岨道を行き、幼いころに目の当たりにした流人の姿を反芻《はんすう》する。血走った目を剝き、唾を飛ばして喚き、威嚇し続ける若い流人の下膊《かはく》の肘に近いあたりに鮮やかだった三本線の入墨がいまでも泛《うか》ぶ。幼心に怖い人がいるものだと首を竦めた。

だが、ほんとうに恐ろしかったのはその先の出来事だった。細かいあれこれは覚えていない。けれど宇右衛門ヶ嶽の端で遥か下方の波浪逆巻く海面から駆けあがってくる強風に髪をなぶられながら息を詰めて見守っていた登勢の視線の先で若い流人は飛んだ。飛ばされた、とするのが正しいのかもしれぬが、足裏が崖から離れた瞬間に縛《いまし》めが切れたか解けたかしたせいだろう、登勢には流人が自ら宙を舞ったかのように見えた。流人は大の字で、風を孕《はら》むかのごとく宇右衛門ヶ嶽の天辺《てっぺん》から放たれた。そのままあたりを舞う海鳥のようにふわりと浮かぶことは叶《かな》わずとも、せめて真っ逆さまに海に落ちていけばいいのだが、断崖絶壁には一番上から海面までに三段ほど黒々と突き出た熔岩があり、くるくる廻《まわ》って落ちていく流人は狙いすましたようにそこにぶち当たり、手足がもげて、それればかりか頭まで霧散して胴だけが波浪に吸いこまれるのが見え、そのあとを追って手足が海に呑まれた。あそこまで細かくなれば食い千切る手間も省けてさぞや魚共がよろこんでいるだろう——という嘲《あざけ》るような嗄《しわが》れた囁きが聞こえた。否応《いやおう》なしに島役人を仰せつかった優婆夷宝明《うばいほうめい》神社の神主が登勢の傍らを足早に去っていくときに独りごちた棄《す》て台詞《ぜりふ》だった。島役人だけでなく、見守っている大人たちの目は細まり、唇の端《はし》は申し合わせたかのように歪《ゆが》んでいた。それまで登勢は、笑いといえば可笑《おか》しいから笑うのだと思い込んでいた。けれどそれは登勢が初めて意識させられた残忍を湛《たた》えた笑みだった。

大賀郷の稲葉刑場に隣接した番小屋への届け物をすませた登勢は、番人の老爺《ろうや》から温《ぬく》まれとだされた白湯《さゆ》を断るわけにもいかずに立ったまま湯気を吹いていたが、あたりに立ちこめる重なりあった呪詛からもたらされる気鬱《きうつ》のあまり、宇右衛門ヶ嶽の脇を抜けたときよりもさらに頰を蒼褪《あおざ》めさせていた。

*

顔をそむけるようにして番小屋に至りはしたが、梢屋《ほだや》に閉じ込められた流人に与えられる食事は一日に赤子の拳ほどの稗《ひえ》の握り飯ひとつに椀《わん》一杯の水のみと決められていて、梢屋の名の由来でもある梢——太く頑丈な足枷《あしかせ》丸太で自由を奪われた流人はひもじさと渇きに泣き喚き、暑さ寒さに呪いの言葉を撒《ま》き散らし、宇右衛門ヶ嶽から飛ばされた流人と同様、己が身を、島人を、すべてを怨み憎み嘆き悲しむ。その引き絞るような呻《うめ》きが登勢の耳をいたぶる。赤茶けた皺《しわ》だらけの肌の番小屋の老爺は、そんな登勢をあえて引きとめ、やたらと伸びた白い眉の奥から上目遣いで様子を窺《うかが》い、幼いころに流人が飛ばされた宇右衛門ヶ嶽で登勢が目の当たりにした島役人らと同様の酷薄な笑みを泛べる。

各村に割り当てられた流人は身分制度そのままに裕福な親類縁者から折々に見届物と称する食糧その他が届く別囲《べつがこい》や家持《いえもち》、一切の扶助から見放された小屋流人、さらにその下とされる門附《かどづけ》流人とに分かれていた。その昔、流人はいわば思想犯が多く、とりわけ八丈では宇喜多秀家一族が初の流人であったこともあり島人からも尊敬されていて国人《くんぬ》と呼ばれていた。けれどいまでは押送《おうそう》されてくる流人といえば江戸でも持て余す極悪ばかり、そのまま流人《ずにん》と忌むようになっていた。

もちろん島人よりもよほど豊かな生活ができる別囲や家持は数えるほど、ほとんどは小屋流人で、渡世勝手次第《とせいかつてしだい》と称する自活を強いられていたが、海岸の岩陰や村はずれにせいぜい三坪ほどの茅葺《かやぶ》き屋根に草壁の掘建《ほったて》小屋を掛け、土間に寝草という獣《けもの》の巣じみた暮らしをしていた。

兎《と》にも角《かく》にも流人も食う算段をせねばならぬが、なにせ伊豆の七島は火山の噴出によって成り立った島々である。まともな作物が育つはずもなく、渡世勝手次第と申し渡されても、大工等の職人は島で重用されることもあったが、ほとんどの遊び人——賽子《さいころ》を転がすしか能のない無頼や念仏を唱えることしかできぬ女犯僧はつぶしがきかず、また浜で網を引く程度ならばともかく、島抜け絡みで漁師の舟に乗って手伝うことは固く禁じられており、せいぜいが痩せた畑の手伝いをして食物を恵んでもらうか、剣呑《けんのん》ゆえに入会《いりあい》から外れていて村人もあえて近寄らぬ波浪打ち寄せる岩場にて命懸けで海藻を漁《あさ》る程度、最悪の饑饉の折は公儀から一日あたり男二合、女一合のお救い米が配られるが、流人とその子供は除外された。島に押送された流人は常に絶望的な飢餓状態におかれ、死罪一等減遠島をよろこんだおめでたい己を呪い、これならば死罪のほうがよほどましと茫然《ぼうぜん》自失する。御用船の船中で酔いにてさんざん嘔吐《おうと》し、七転八倒したあの苦しみさえも、黄水《おうずい》とはいえ吐くものがあっただけましと項垂《うなだ》れ、あげく餓えが極限に至ればもともとが破落戸《ごろつき》、盗みは当然、島人を殺《あや》めてでも食い物を手に入れようとする。

結果、梢屋――島牢は常に犇《ひし》めきあうがごときであり、もはやいちいち刑罰に処すには手がたりずに、牢殺しが当然となっていた。稗の握り飯はおろか水さえも与えずに放置しておくのだ。いわば餓死刑である。

八丈は伊豆の七島において唯一水田があったが、それとて七十四町程度、ところが島人の数四千ほど。つまり半数の腹も充《み》たすことができぬ。稲が実って頭《こうべ》を垂れるころには暴風雨が猛《たけ》り、根刮《ねこそ》ぎやられてしまう。しかも干魃《かんばつ》があたりまえときている。登勢の祖父が生まれたころには甘藷《かんしょ》と称する火山性の荒地でも生育するとされる芋が持ち込まれたが、島の土には合わず、幾度かの試行錯誤の後に打ち棄てられてしまった。結果、諦念ばかりが蔓延《はびこ》り、常に食糧難が当然という有様で、島人自体が飢餓と背中合わせで粟稗《あわひえ》の類を常食するしかなかった。

凶作に見舞われた先年は、今日摘みとっても明日には葉が出ることから明日葉と記されることもある、やたらと生育が早い鹹草に皆が殺到して島内の群生すべてを喰《く》い尽くしてしまい、いよいよ困窮したあげく薊《あざみ》までも雑炊に仕立てあげ、それさえも完全に採り尽くしてしまった。もともと登勢の家は貧苦の底にあり、凶作とは無関係に日々鹹草の雑炊ばかりを食してなんとか凌いでいたものだが、その鹹草が消え去ってしまったのだから尋常ではない。宇右衛門ヶ嶽を下ったところの鹹草がなかったら、数年前からすっかり弱り気味の父親は、間違いなく息絶えていただろう。登勢自身、あの餓えからもたらされた朦朧《もうろう》を思い返すとぞっとする。気付いたら地に跪《ひざまず》いて夢中で土を食《は》んでいたのである。

「鯨が迷いこまなんだら、ずいぶん餓えて死んだじゃろうな」

老人は牢殺しに処せられた流人の呻きに泣きそうな登勢の貌《かお》を読むだけでなく、その心までわかるらしい。登勢は目を見ひらき、頷《うなず》きながら呟《つぶや》いた。

「鯨の脂をもらったときは、涙がでた」

「御年貢米の廻送船が難破したのは二年前じゃったか」

なんのことかと小首をかしげる登勢に、よけいなことを口ばしったか――と雑に目をそらした老爺だったが、開き直った口調で続けた。

「摂州《せっしゅう》の御代官、青木楠五郎様の廻送船が三根は神湊《かみなと》に流れ着いてな、島役共が幕府に御注進と相成ったわけじゃわ。注進と言ってもな、幕府に伝わるまでに半年。返事がくるまでに、また半年。で、いよいよ餓えがしんどくなってきたころじゃ。鯨を浜に引きあげてばらしたときと前後して、汐漬《しおづ》けじゃがようやく米が皆に払い下げられたんじや」

老爺は上目遣いで嘲笑う。

「どうやら登勢んとこは分け前にあずかっておらんようじゃな」

島における力関係とでもいうべきものを否応なしに悟らされてしまう歳頃《としごろ》である。登勢はきつく唇を結んだまま、白湯の欠茶碗《かけぢゃわん》をおいた。

「まだええじゃないか。もすこし待て」

意味深長な老人の眼差しに、登勢は問う。

「――なにかあるのか、爺さま」

「ある。まだ登勢が見たこともないことが、ある」

不穏なものを感じとった登勢は、楫屋に閉じ込められて死にかけている流人たちの呻きから逃れたいこともあり、頬を歪めた。それは不明瞭な笑みを泛べた貌に見えた。

「もすこし話し相手をしろ。さすれば好《よ》いものが見られるわ」

赤錆の浮いたひずんだ鉄瓶からあらためて白湯を欠茶碗に注がれてしまい、登勢は溜息を呑みこんで、誰もが座るせいでそこだけ青光りして滑らかになった岩の上に臀《しり》を落とした。

「ちょうどおまえが生まれたころくらい、明和年間じゃが饑饉著しく、とことん死んだ。そのころ儂《わし》がおった中之郷《なかのごう》では七百ほども死んだか。八丈すべての死人を合わせると、千五百を超えたというが――」

登勢の母が死んだのも明和年間の饑饉であった。眼差しが陰った。たまらず両の手を握りしめ、面《おもて》を伏せた。

「命よりも大切にしていた里牛までもぶち殺してな、骨の髄までしゃぶった。あげく皮にまで歯を立てはしたが、さすがに毛は喰えなんだ。毛はいかん。毛のせいで、せっかく腹に入れたほんのわずかのもんを黄水と共に吐く始末。いよいよ仕舞いかと儂も途方に暮れたもんじゃ」

一呼吸おいて、自嘲する。

「あの牛を殺してしまってから、儂の落ちめが始まったんじゃな」

老人は慚悔《ざんかい》を振り払うがごとく首を左右に振り、己の目を指し示す。

「餓えるとな、なぜかよく見えるようになって、よく聞こえるようになり、よく嗅げるようになる。肌だってぴりぴりじゃ。ひもじくてひもじくて、だからよ、鈍《なまくら》になりたいわけじゃ。なにも感じんようになりたいんじゃ。けど逆なんだわ。これがたまらん」

俯き加減で老人は続ける。

「治介んとこから小童《こわっぱ》の泣き声がするんで覗《のぞ》いたら、まだ生きてる小童の股を親が生のまま喰《くら》っておったわ」

耳をふさいだ登勢に顔を近づけ、囁き声で捲《まく》したてる。

「樫立《かしたて》の源次郎んとこの女房はな、十五になった倅《せがれ》が餓死したのを四日間かけて喰い尽くしてな、いまでも存えとる」

泣き顔で見つめる登勢に向けて、老爺は柔らかく頷く。

「食いもんを求めてな、ふらふら彷徨《さまよ》いでて事切れるわけじゃ。往来に倒れ伏す者数知れず、鴉《からす》の餌食よ。先を争って腹をつついて青黒い腸《はらわた》を咥《くわ》えて飛びたつわけじゃ。欲《よく》張《ば》って千切らずに飛んで引きずり上げたはいいが、重みに耐えかねて落ちる鴉もおった」

老爺は口角を持ちあげた妙に得意げな表情になって言う。

「鴉風情であっても慾掻《か》くなということじゃな。ま、そもそも八丈には流人なんぞを受け容れる余地など毛ほどもありゃあせん」

鴉のことはともかく、流人に関してはまさにそのとおりなので登勢はちいさく頷いた。

「噂《うわさ》だが、とんでもない饑饉が起きているそうな」

「どこで——島でか」

「島はいつも饑饉じゃて。が、どうやら陸奥《みちのく》やらそっちのほうじゃ。未曽有の大饑饉だな。儂らが鯨で一息ついとったころに上州だか信州だか知らぬが浅間山というのが火を噴いてな、空は真っ暗になり、灰は降り積もって陽も射さぬから草木も生えぬ。しかも、その前から氷雨《ひさめ》続きときていて、幾十万も死んだそうな」

幾十万と言われても、なにがなにやらわからない。が、兎にも角にも途轍《とてつ》もない数の人が餓えて死んだということは悟った。

「登勢も覚えとるじゃろ。天明三年の三月、青ヶ島が火を噴いたのを」

「──海と空が朱《あか》く染まって、真っ黒な煙がもくもく立ち昇るのを小岩戸ヶ鼻《こいわどがはな》から見た」

「なんと、その三、四箇月後に浅間の山が火を噴いたそうな」

なにが言いたいのかよくわからずに小首をかしげると、老人はさも莫迦《ばか》にしたように鼻梁に皺寄せてから言った。

「いいか。どこかで繋《つな》がっとるんじゃ。いにしえからの言い伝えをあれこれくっつければ一目瞭然じゃ。どこかで火を噴くと、それにつられてあちこちで火を噴く」

「八丈も」

「わからん。が、儂はまたもや青ヶ島がやばなことと相成ると思っとるわ。あの島は火噴き島じゃ。焔《ほのお》の柱天が、噴火が習い性になっておる」

老人が己の言葉にうんうんと二度頷いて悦に入っているさなか、ざわめきが届いた。島役に引き連れられた男たちだった。数日前に八丈に着いた流人と思われる。左腕下膊の入墨が目立つのは盗人だと登勢の耳朶《みみたぶ》を擽る近さで老人が囁く。どの男も肩を強張《こわば》らせ、梢屋を凝視している。なかには頬をひくひく引き攣《つ》らせている流人もいた。

牢といっても、梢屋は獣を閉じ込める檻《おり》といった体裁ではなく罠《わな》といったほうが似合う簡素なものだ。けれど罠だけあって梢屋に閉じ込められた流人の足首には、幾多の血を吸って腐臭漂わせ、黒々と変色した足枷丸太がきっちり嵌《はま》っている。どの流人の足首も膿《う》み爛《ただ》れ、血だけでなく青洟《あおばな》のような膿汁をたらし、なかには薄い向こう脛《ずね》の肉が膝下からほとんど削《そ》げ落ち、灰白色の骨が露《あら》わになって周辺に無数の小蛆《こうじ》を這《は》いださせている者さえあった。死罪一等減の新入りの流人たちはこの島の実態を知り、重ね犯など以《もっ》ての外《ほか》と島役から脅され、顔色をなくして喉仏を上下させるばかりである。そんな身なりは汚いがあまり日焼けしていない見慣れぬ男たちに臆した登勢が顎を引くようにして地面を見つめていると、老爺が耳打ちした。

「見懲《みこ》らしじゃ。断頭刑じゃ。見物《みもの》だぞ」

禍々しいものを覚えはしたが、登勢には老爺がなにを言っているのかわからない。梢屋にて食物も水も与えられずに死んでいく流人の姿を充分に見せつけて、島役の一人が新着の流人たちにごく低い声で移動するように命じた。登勢はぼんやり突っ立っていたが、老爺が横柄に顎をしゃくって促したので逆らいきれず、首を竦めるようにして一行のいちばん最後についていった。

着いたところは八丈牛の相撲場であった。巨大な牛と牛が角や頭をぶつけあうときに響く重々しくも鈍い音が苦手で、登勢は牛相撲をまともに見たことがなかった。粘る涎《よだれ》を垂れ流し、目を剝いて角突き合う姿は豪壮というより陰惨だった。すこし離れたところに陣取ったのをよいことに、老人が落ち着かぬ登勢の腰にさりげなく手をまわしてきた。ぴたりと貼りついたその掌に込められた力のせいで立ち去るわけにもいかず、それどころかその手が奇妙な動きをするのでじつに落ち着かぬ。しかもその手の動きを嫌悪するのとおなじくらいに不可解な熱が軀の奥から立ちあがる。登勢はなにも考えられなくなり、口で息をしながら相撲場を眺めていた。

強力《ごうりき》の流人に引ったてられてきたのは、痩せ衰えて木の枝じみた肌の色をした流人だった。その憔悴《しょうすい》ぶりと抉《えぐ》れて赤い肉と黄色い脂らしきものが垂れさがった足首の傷からすると、梢屋から逃げだして捕まったらしい。相撲場の真ん中に据えられた平たい岩の前に立たされて肩を落とし、虚《うつ》ろな眼差しで放心している。

「八丈は情の島。たとえ逃亡流人であっても刃物を使うようなことはせん」

得意げな口調の老人だったが、背後にまわされたその手指が微妙なところを撫《な》でさするので登勢は上気するばかりで、いよいよ息苦しくなってきた。新着の流人たちは、これから行われることをおおよそ悟ってしまっていて、その場になぜ一人だけ年若い娘がいるのかと、平たい岩の前に跪かされた逃亡流人だけでなく登勢にも時折視線を投げてくる。傍らの老人が登勢の軀をさぐっているなどとはよもや思いもしない。やがて男の気を惹《ひ》くような容色でないこともあり、流人たちの視線は逃亡流人に集中した。

なかで、たった一人だけ、登勢に視線を据えたままの流人がいた。博奕打ちの極道者の鋭さはなく、どちらかといえば青臭い。腕の入墨もない。御用船のなかで伸びた蓬髪の長さがほぼ均一な様子からすると、どうやら女犯僧らしい。その視線に気付いた登勢は、いよいよ逆上《のぼ》せた気分になり、頬を真っ赤にした。

逃亡流人は執行役の流人たちに羽交い締めにされて前屈《まえかが》みにされ、頭を平たい岩の上に押しつけられた。島役が頷くと、強力の流人が得意げに木槌《きづち》を手にする。これ見よがしに振りかぶる。牛の頭がぶつかるときとそっくりの音が相撲場に響いた。逃亡流人の頭部は一撃で消滅していた。儀式めいた動きで強力流人が木槌を掲げると、岩の上に後頭部を中心に拡がって左右にわかれたぺしゃんこの顔があった。

「餅搗《もちつ》きみたいなもんじゃな」

一呼吸おいて、飛び散った薄黄色とも灰白色ともとれる血をはじく柔らかげなものを目で示し、舌なめずりしそうな囁き声で付け加える。

「脳味噌は旨《うま》い。滋養の塊じゃて」

呟いた老爺の手指はいよいよ遠慮なく動いて登勢の臀の割れめをなぞる。鳶八丈越しとはいえ、妙なところに妙な力加減で触れてくるものだから登勢はたまったものではない。臀の肉に力を込めて固くしてしまえば老人の指など侵入できぬのだが、おぼこゆえ思い至らない。しかも島役からも新着の、あるいは刑の執行役の流人たちからも見えぬ位置にあるので、逆に騒ぐわけにもいかずに息を荒らげるばかりだった。

「どうじゃ」

そう問われて、登勢は指の動きのことか、頭を熨斗烏賊《のしいか》にされてしまった逃亡流人のことか判断がつかず、小刻みに首を左右に振るばかりだった。

流人頭の指図にて強力流人以下が岩に顔が貼りついた屍骸《しがい》の後始末にかかった。それを腕組みして見守る島役が、暮らしてみればわかるが八丈はまだまし、こんな具合に顔を潰されなくとも、重ね犯のあげくに八丈小島や青ヶ島に島替となれば悔やんでも悔やみきれぬぞ――と新着流人に因果を含めると、一人の流人がやさぐれた調子で尋ねた。

昨日、船付鼻《ふなつけはな》とやらに立ったが、八丈小島は二里と離れておらぬまさに目と鼻の先。食い物がほとんどないとは言うが、そこに送られても、どうということもないのではないか、と。島役は海を知らぬ流人を哀れむような眼差しで見つめ、ぼそぼそ声にて、目と鼻の先なれど、八丈と小島のあいだの潮流は尋常でなく、泳ぐ、あるいは筏《いかだ》を組んで島抜けを試みるなど以ての外であり、まともな船であっても小舟では手練《てだ》れの漁師でも行き来できぬと諭《さと》す。小島が八丈以上に本物の牢であることを悟った流人が神妙な顔付きになると、耳打ちするように、けれど皆に聞こえるように囁いた。天狗《てんぐ》を知っているか。八丈だけでなく、この伊豆の島々において横暴な流人はなぜか天狗に寝込みを襲われる。よくて半死。大概は海の藻屑である。せいぜい日頃の言動を慎め。あえて言うが小島云々《うんぬん》の島替は建前、重ね犯は必ずや死罪に処す。それはいま目の当たりにしたとおりである。

腕組みをといた島役が酸っぱい顔をしてやってくると、老爺はすっと手を引っ込めて絵に描いたような揉み手をし、愛想を並べた。途方に暮れたかのような、あるいは毒気を抜かれた顔付きの新着流人たちが島役に従って老人と登勢の傍らを抜けていく。あの女犯僧らしき若い流人だけが一瞬、登勢を食い入るように見つめ、そして遠離《とおざか》っていった。

男と顔が合ってしまった瞬間、登勢は老人の悪戯な手つきに曝《さら》された以上に狼狽した。ようやく気付いたのだが、女犯僧らしき流人は登勢がいまだかつて目の当たりにしたことがない顔立ちだった。彫り込まれた面のごとく綺麗《きれい》に整って、なぜか冷えびえとしたものを覚えるほどだった。流人たちの姿が見えなくなったとたんにふたたび老爺が手をのばしてきた。余韻を台無しにされた登勢は強く睨《にら》みつけた。

老爺が卑猥《ひわい》な笑みをかえした瞬間だ。幽《かす》かな地鳴りがした。重い海鳴りが追ってきた。ささくれだった中指一本突きだした老人が周章てて午《うま》の方角に視線を投げた。水平線から立ちあがって雲に照り映える猛烈な朱の火の手と、その雲の領域を奪っていく黒々とうねる噴煙だった。青ヶ島がまた——と登勢が呟くと、老人は逃げだすような恰好《かっこう》で狼狽《うろた》えた。

「儂のせいではないぞ。噴火が習い性と言ったのは戯れ言《ざれごと》よ。よいか、登勢。誰にも言うてはならん。言うでないぞ。しかし」

しかし、と登勢が繰り返すと、老爺は溜息をついて吐き棄てた。

「いまだかつてあれほどの噴火は知らぬ。青ヶ島はもうだめかもしれん」

「だめとは――」

「皆、くたばる。あそこは火と煙のかわりに熱い塩水を噴いて作物がすべてだめになったことがあるくらいだ。熱い塩水だけでさえも皆おもしろいようにくたばっていったもんじゃ。だが、あの炎と煙を見ろ。もう、だめじゃろ。いかんともしがたい。厄介な」

「厄介って」

「皆、くたばっちまえばともかく、生き存えた者が八丈にやってくれば、ますます儂らの食い物が――」

*

この壊滅的な噴火に先立つこと二年前の天明三年の青ヶ島の噴火では、八丈島役所がその被害検分に当たったった。青ヶ島の畑地は火山灰に覆われてほぼ消失し、悲惨な食糧不足が起き、年貢免除や移島等の救済措置がとられることとなった。ところが検分船が八丈にもどる際、なんと上総《かずさ》の興津《おきつ》まで流された。八丈から青ヶ島まで直線距離にして二十里といったところか。けれどたかだかその程度の距離であっても風や潮流のせいで操船は至難であり、這々《ほうほう》の体《てい》で流された先が房総半島という有様であった。

検分船ばかりではなかった。天明二年は噴火も小康状態を保ってはいたが、記録に残っているだけでも承応《じょうおう》元年、寛文十年、安永九年、天明元年、天明三年と徐々に青ヶ島の噴火の頻度が増していることに不安を抱いた船頭の惣兵衛は、将来を慮《おもんぱか》って万が一のときのための新たな移住先を探検すべし――と人助けの思いから意を決し、青ヶ島の南、鳥島を探検していたのだが、伊豆の島々にその名を知られ、人望を集め頼りにされていた名船頭であっても、帰途、悪天候によって漂流し、命からがら江戸に辿り着いている。

八丈にもどった惣兵衛は今回、天明五年三月十日の大噴火が起きると、即座に救援物資を積んだ船を出し、青ヶ島に向かった。風も潮もことのほか良好で翌日には青ヶ島の近海に至ったが、島は真っ黒な噴煙に完全に覆われ、その黒雲を青白い雷光が引き裂き、噴出した熔岩の朱が無数の不規則な楕円を引いて飛びまわる始末、島の様子はまったく判明せず、それどころか惣兵衛の船にまで飛翔《ひしょう》した熔岩が襲いかかり、それに加えて青ヶ島周辺の潮流が悪化激変し、上陸を断念して八丈に引き返さざるをえなかった。

噴火は幾日たってもおさまらず、黒々とした噴煙が蒼穹《そうきゅう》を覆いつくすのが望めるばかりか八丈の空まで陰りはじめる始末、しかも十八日からはさらに噴火が激烈になり、降り続く火山灰のせいで昼夜の区別もつかず、食糧だけでなく水も不足しているであろうから、もはや青ヶ島にての生存は不能であることは火を見るよりも明らかであった。

結果、島を離れる以外に島民が生き延びる術《すべ》なしとされ、青ヶ島全島民は離島して八丈に移ることが決定し、四月の下旬に八丈島役所が差しむけた救助船三艘が青ヶ島に到着した。このとき青ヶ島にてかろうじて生き残っていた島民は二百五十人ほどで、とうに五十人以上が死んでいた。噴火はいよいよ激烈さを増し、島民たちは海に浸《つ》かってその熱をどうにか避けるという極限状態にあった。

ところが三艘の救助船では島民すべてを乗船させるに足らず、それを知った島民たちは我先に救助船に殺到し、まずは老人と子供がはじかれた。さらに潮流の具合が悪くなりはじめ、接岸したとたんに救助船は島から離れる気配を見せた。いわば満載喫水線をはるかに超える人員を乗せるのである。潮に逆らって操船すれば重量超過にて横転沈没しかねぬし、それを免れても人員満載、立錐《りっすい》の余地もないまま件《くだん》のごとく房総や江戸まで流されれば自滅する。

結果、離れゆく救助船を目指して競奔《きょうほん》するがごとく泳ぎだし、あげく狼狽と体力の限界にて溺れる者が続出し、泳ぐ気力体力もなく島に取り残された者たちは、火傷《やけど》するほどの熱をもって降り注ぐ火山灰を浴びながら助けてくれと泣き叫ぶ。

繰り返しになるが、三艘の救助船には合わせて百名程度の人員を乗船させるのが精一杯で、それ以上乗せれば間違いなく沈む。どうにか泳ぎ着いて船縁に殺到し、必死で取り縋《すが》る者の手首を鉈《なた》で切断して救助船は八丈に引き返した。見殺しにされた島民は百四十名ほどとされる。切り落とされた手だが、幾つかは八丈に着くまできつく船縁を摑《つか》んでいたという。

どうにか八丈に逃れた青ヶ島島民のほとんどは大賀郷の外れに住んだが、八丈自体が明和三年からの大饑饉を引きずっており、食糧には余裕など欠片《かけら》もなく、前述のごとく流人を牢殺しで餓死させて凌《しの》いでいるほどであったから、どうにか生き存えた居候身分の青ヶ島島民たちの味わった艱難辛苦《かんなんしんく》は途方もないもので、なまじ処刑されることもなく己の才覚で生き抜かねばならぬだけに流人の境遇よりも脆弱《ぜいじやく》にして最悪と天を怨む者さえあったという。なんとかせねばと眦《まなじり》決した青ヶ島の名主、七太夫は救援依頼に江戸に向かい、救援物資の米、麦、大豆を二艘の船に満載してもどったが、うち一艘は八丈島に着岸しようとして激浪に翻弄されたあげく激突して沈没し、七太夫もいっしょに沈んだ。

*

登勢が女犯僧と思われるあの青臭い流人と出逢《であ》ったのは、よりによって末吉と三根の端境《はざかい》、宇右衛門ヶ嶽が近い登竜峠を下った海沿いだった。先年、餓えて彷徨った登勢が偶然見つけた場所であり、あまり近づきたくない所ではあったが、このあたりに群生している鹹草《あしたば》は茎がふたまわりほども太く、切り口から滲みだす黄色い汁も濃くていかにも滋養に富んでいるふうであった。この場所の鹹草を見つけたからこそ病みがちな父親と登勢は生き残れたといっていいが、その父がいよいよ弱ってきた。なんとかせねばと思案した登勢は意を決して宇右衛門ヶ嶽の脇を下った。鹹草は椿油で炒《いた》めて金平《きんぴら》にして食べるとじつに旨い。金平といっても製塩と無縁の島であるから海水で味付けをするだけだが、それを父に食べさせてやりたい一心であった。

群生に分けいって食べ頃の鹹草を求めて行きつ戻りつしているうちに、波打ち際の黒々と尖《とが》った巨岩の陰に、ごく目立たぬように建てられた流人小屋があることに気付いた。造作は掘建以下で、扉にした腐った筵《むしろ》が生ぬるい初夏の風に不規則に揺れていた。荒天の日は浪をもろに浴び、そのまま海に引きずり込まれかねぬ危うい場所である。

流人になど関わりたくないし、不安を覚えぬでもなかったが、必要な分だけ素早く鹹草を引っこぬく。実物を目の当たりにしたことはないが、享保年間より栽培されはじめて珍重されているという御種人蔘《おたねにんじん》の代わりになると物識《ものし》りの神主が力説していたこと、そして近頃とみに衰えが目立ちはじめ、日中もぼんやり横になったまま口も閉じぬ有様

の父になんとか滋養をつけてやりたいこともあり、根もおろそかにできぬ。けれど手早

く抜こうとすればするほど根を台無しにしてしまい、ちいさく苛立《いらだ》って顔をあげた瞬間

に男と視線が合った。

登勢は硬直したが、男はなんとも気弱な頬笑みと共に両手を合わせて深々と頭を下げ

てきた。牛の相撲場で見たときよりも窶《やつ》れが酷《ひど》く、目が落ちくぼんで割れた唇から滲ん

だ血が黒く固まっていた。食えるということを知らぬらしく、それは——と鹹草を示し

て消え入るような声で訊《き》いてきた。流人とは口をきいてはならぬときつく申し渡されて

いたが、やくざ者の棘々《とげとげ》しさは欠片もない。登勢は手にした鹹草を示し、上擦った声で

言った。

「あがりやれ」

男が小首をかしげ、口を示した。登勢はそうだと頷き、言い直した。

「お食べください」

男は控えめに手をのばして鹹草の葉をひとつ千切って口に入れ、しばらく噛《か》んで苦笑

いのような表情を泛べた。

「御身《おみ》の御軀のためです。お食べください」

どうにかそれだけ言って登勢は首まで真っ赤になって背を向け、抜きとった鹹草も抛《ほう》

りだして、どうかお待ちを——という縋る声から逃げだした。

峠道に至ってしばらくしても動悸《どうき》烈しく息が乱れに乱れているのは、斜面を駆けのぼったせいだけではない。額に浮かんだ汗に気付いたとたんに身をよじりたくなるような羞恥があらためて登勢を襲った。

その夜は妙に軀が火照ってよく眠れず、まだ冥《くら》いうちに起きあがり、胸を掻きむしるかのような手つきのままひどく苦しげな父親の鼾《いびき》を抑えるために軀を横向けにしてやって、その渇ききった口中を水で湿してやり、しばし思案した。その視線の先にあるのは昨晩の残りの海水で味付けした麦が申し訳程度に入った鹹草の雑炊と、陶製の薄板に尖った細かな凹凸をたくさんつけた下ろし金だった。さすがに雑炊は諦め、登勢は下ろし金をそっと胸に抱き込んで、外にでた。昨日はちゃんと鹹草を採ることができなかったのだから、今日は昨日の分まで抜いてくる――と己に言い聞かせ、登竜峠に向かった。

こんな刻限ならばあの流人もまだ目覚めていまいと胸中で呟く一方で、胸の下ろし金はふしぎな汗で肌と密着し、一体となってしまって動悸に合わせて微動してちくちく登勢を弄《いら》う。

峠の斜面を下って波音がいよいよ間近になると、その打ち寄せる単調な音を縫うようにして低い念仏が聞こえた。錆《さ》びたじつに好い声で、登勢はしばし聞き惚《ほ》れた。我に返ると下ろし金を割らぬよう傍らの下生えに置いて鹹草を抜きはじめる。あえて流人小屋に背を向けてはいるが、気持ちのすべては背後にあった。読経《どきょう》がやんだ。登勢は憑《つ》かれたがごとく鹹草を抜く。やがて控えめな咳払《せきばら》いに続いて遠慮がちな声が背を擽った。

「その草を」

登勢は男を見ずにかろうじて返す。

「鹹草」

「あれから鹹草をもいで腹一杯食してみました。味は、ちょっと、なんとも、いや好き嫌いなど言える立場ではありませぬが――」

ぎこちなく振りかえると、男の満面の笑みが登勢を迎えた。

「おかげで精気が甦《よみがえ》ってまいりました」

すっかり伸びた蓬髪の奥の眼差しが柔らかい。島の男には有り得ぬ華奢《きやしや》な面差しだ。登勢は凝視し、我を忘れていた己に気付いて唐突に顔をそむけ、それでも下生えに置いた下ろし金を手にとると突きだした。

「これにて下ろせば満足に食えないものであっても、たとえ硬い木の根でも口にすることができます。いざとなればこれで擂《す》りおろした諸々、夫食《ぶじき》として重宝してございます。家にはもうひとつありますがゆえ」

自分でもなにを喋っているのか錯綜《さくそう》してしまってよくわからなくなり、周囲もまともに見えなくなって強引に下ろし金を手わたすのがやっとだった。男は受けとった下ろし金を両手で捧げもって呟いた。

「これを私に――」

　登勢は、漠然と触れた鼻の下に緊張の玉の汗をかいていることを悟り、無様を嘆き、顔をそむけた。それでも岩場に泥がたまってできた申し訳程度の湿地に生えている仏焔《ぶつえん》苞《ほう》の目立つ里芋に似たものに手をかけ、引きぬいた。以前ここにきたときから目星をつけていたものだ。青臭く、妙に生々しい匂いがあたりに充ちる。芋状の根を示して早口に捲《まく》したてる。

「天南星《へんご》と申します。山に入るとたくさん生えております。鹹草はおろか薊までをも食べ尽くしていよいよというときは、これをよく煮て下ろして、ごく小さくまるめて口に入れます。生のままだと歯茎や舌に当たると途轍もなく痛みますがゆえ、しかも口中が腫れあがりますがゆえ、よく煮てくださいませ。それでもえぐさは尋常でありませぬがゆえ勢いをつけて丸呑みにしてください。滋養に充ちておりますがゆえ最悪の饑饉の折、八丈では天南星餅ばかり食べて凌いでおります」

　ゆえ、ゆえと重ねて口ばしっていることに気付いて登勢は居ても立ってもいられなくなり、狼狽え気味に頭を下げ、逃げだした。その背に男の声がかかる。

「お待ちください。もし女犯僧の流人と思われておられるならば、その思いを正したい。私は無実なのです」

　結局、登勢はこんな場所に下ってくる村の者はまずおらぬことと無実という言葉、それ以上に離れがたいなにものかに惹きよせられて、促されるままに流人小屋からすこし離れた黒い砂がわずかに覗ける浜の背後の丈の低い草叢《くさむら》に並んで、けれどすこし離れて腰をおろした。

「まだ名乗ってもおりませんでした。興円《こうえん》と申します」

「登勢」

と、即座に返してしまったとたんに、はしたない――とますます頬を赧《あか》らめる。興円は気付かぬふうで打ち寄せる波に視線を投げている。

「不殺生《ふせっしょう》、不偸盗《ふちゅうとう》、不邪婬《ふじゃいん》、不妄語《ふもうご》、不飲酒《ふおんじゅ》、不塗飾香鬘《ふずしょくこうまん》、不歌舞観聴《ふかぶかんちょう》、不坐高広大《ふざこうこうだい》牀《しょう》、不非時食《ふひじじき》、不蓄金銀宝《ふちくこんごんほう》の十戒をひたすらに守ってきたのですが」

なにがなにやらわからぬが、厳しい戒律に従ってきたということだけは伝わった。島の男には有り得ぬ智の気配が眩《まぶ》しい。力尽くには反撥《はんぱつ》すれども、こんな具合に何事か諭されればいかなることであっても抗いがたいと胸が高鳴る。そんな登勢の様子を知ってか知らずか、興円は自嘲するかのように眼差しを伏せ、呟くように続けた。

「よりによって不邪婬を破ったとの罪科《つみとが》にて島送りですから、なんとも――。これも御《み》仏《ほとけ》の試練でございましょうか」

ふっと短く息をつく。

「言い寄られたことは慥《たし》かなのです。それを聢《しか》とお断り申したら、罪科を捏《でっ》ちあげるという言葉はよろしくありませぬが、捏ちあげられてこの態《ざま》です」

「申し開きは立たなかったのですか」

「――これは実際に落とされた者しかわからぬやもしれませぬが、やっていないことをやっていないと証するは至難。やったことならば、為《な》してしまったことならば、行ってしまったことならば幾らでも手証《てしょう》もございましょうが、いやはやなんとも」

興円の口の端に泛んだ苦笑いには廉恥《れんち》と諦めの色が濃い。幾度か溜息をついていたが、憤りを帯びた登勢の眼差しに気付いたとたんに目頭を抓《つま》むようにしてそっと押さえた。興円は涙を怺《こら》えようとしているのだが、それでも滲《にじ》んでしまうものがある。それに気付いた登勢も貰い泣きしそうになった。

「幾度、この海に身を投げようと思ったことか。けれど、すこしは気も晴れました。登勢殿の御蔭《おかげ》です」

御蔭と頭を下げられて、感慨無量の登勢である。いまだかつて若い男とまともに言葉を交わしたことがないこともあり、満足な受け答えができぬ己が恨めしい。

「もすこし身の上話をしてもよろしゅうございますか」

登勢は強く深く頷く。

「遠島に処されて、ここ八丈に送られて、あろうことか他の流人共から衆道《しゅどう》を強いられました」

衆道とはなにか。だが、興円の様子から後ろ暗い淫靡《いんび》なものを直感し、登勢はその厚い唇を捲きこむようにして息を詰めた。

「流されても私はあくまでも仏法に仕える者にてございます。狼藉《ろうぜき》から逃れるためにこの誰も立ち寄らぬであろう波打ち際に逃げてきたのでございます」

登勢は唇を顫《ふる》わせた。けれど動くのは唇ばかりで相変わらず気のきいたひとことも発することができぬ。そんな自分がもどかしく、苛立たしい。

興円は口を半開きにして撫で肩をさらに深く落として単調に打ち寄せる波を眺めつつ思いに耽《ふけ》っていたが、いきなり魂が抜け落ちてしまったがごとくどさりと上体を背後に倒した。しばらくは目さえも動かすことのできなかった登勢であったが、ぎこちなく横目で窺うと、興円は頭の下に手を組んで薄い胸を不規則に上下させて、渡ってきたばかりと思われる雨燕《あまつばめ》の飛翔を漠然と追って放心している。

沖には陰暗な雲が湧きはじめてはいるが、頭上の空は抜けるように青い。だがこんな低い空を忙《せわ》しなく雨燕が飛んでいるのだ。やがて雨かもしれない。迷いのない一筆にてすっと描いたかの興円の鼻筋の冷たささえ覚える美しさを盗み見て、幽かに湿り気を帯びてきた海からの風に二の腕を何気なくさすっていると、どこか念仏めいた抑揚の失《う》せた声で興円が言った。

「ここで死のうと、死んでしまおうと、死ぬことばかりを念じておりました」

一呼吸おいて、雨燕から登勢の貌に視線を移す。

「登勢殿は命の恩人です」

手を伸ばしてきた。登勢は手首を摑まれ、引き寄せられた。まったく抗うことができずに倒れ込み、興円の軀に重みをかけていた。興円が柔らかく頰笑んだ。笑窪《えくぼ》が深く童子のようだ。けれど頰笑みと裏腹に、その瞳の奥で揺れる不穏に気付いた。いままでだったら忌避したであろうその危うさに登勢は強く惹かれ、軀の芯が異様な熱を孕んで烈しく潤むのを覚え、全身から力が抜けていくのを他人事のように悟った。

瘦せさらばえた興円の胸で登勢の豊かな胸乳《むなぢ》は圧《お》し潰され、歪んだ。興円の手が伸び、忙しなく登勢をさぐる。あの老爺がしようとしていたのはこれだったのかと悟ったが、あのときの嫌悪は欠片もなく、羞恥を抑えて興円の為すがままとなる。

興円が登勢を断ち割ってしばらくして、雨粒が落ちてきた。興円は首をねじまげて空を一瞥《いちべつ》し、けれど律動はそのままであり、登勢も痛みと裏腹に昂《たか》ぶる気持ちが堰《せき》を切って溢《あふ》れだし、永久《とわ》に興円とこうして在りたいと強く念じてしがみつくのだった。

雨はいよいよ烈しさを増して周囲で爆ぜたが、熱く熔《と》けあった興円と登勢を醒《さ》ますことはできぬ。ただ、裂かれた痛みもあってふと沈着が訪れることもある。登勢は興円の貌を盗み見た。男がこれほど真摯《しんし》かつ必死な表情をしているところを見るのは初めてだった。また、奇妙なことに日頃の鬱憤や悲哀の気持ちなども迫《せ》りあがってきた。

いのか。幕府に大奥用として納める黄八丈をはじめとする絹織物の織手になぜ自分が選ばれないのか。誰よりも巧みに織る自信があるのに、御年貢御反物取扱小屋に近づけば、露骨な無視か謂《い》われのない嘲笑を織手の女たちから浴びる。また織手は、他火《たび》こと赤不浄――月経が訪れると他火小屋に移り、別火の生活を送る。血の忌《いみ》を嫌うからであるが、月経の場合は月七日のお籠もりとなる。ところが、なぜか夜毎《よごと》男が他火小屋に忍んでくるということを聞いた。そういえば他火の女は孕まぬから都合がよいと嘯《うそぶ》く男がいた。これまで漠然と眺めやっていただけであったが、島では男も女も十二、三になると目を輝かせて廻宿《まわりやど》にいそいそ泊まりに出向く。廻宿も他火小屋も所詮は男と女がこうすることが目当てだったのだ――と登勢は胸中にて察し、誰からも誘われずにこうすることを知らずにきた己に不憫《ふびん》を覚え、いよいよきつく興円に肌を擦り寄せるのだった。

＊

登勢のことを陰で淫乱者《しゃっぺん》と呼ぶ者がある。水汲女と蔑《さげす》む男もある。男と女のことに疎い登勢でもようやく気付いたのだが、いままでは興円は島の娘たちの注目の的であった。登勢が己の食い物までをも差しだして興円に与えるうち、夏が盛るころにはすっかり精気を取りもどし、色艶もよくなった興円は、いつも泛べているせいか口許《くちもと》に貼りついてしまったかの気弱で内気そうな笑みと裏腹によく出歩くようになり、托鉢《たくはつ》ではないが興円に施《ほどこ》しを与える娘は一人や二人ではなかった。なにせ新人好《あらびとごの》みと揶揄《やゆ》される八丈の娘たちである。もちろん他の女と遣り取りなどしてほしくはないが、登勢にそれを窘《たしな》めることなどできるはずもなく、ただただ目移りされぬようにとひたすら尽くすのみであった。

そのか弱げな細身とは裏腹に、興円は強蔵《つよぞう》――絶倫であった。確証はもてぬが、どうやら登勢以外にも島娘に手をだしているようだった。鹹草これ腎を増す、とは聞き知ってはいたが、喰わせすぎたかと悔悟の念さえ湧く登勢だった。興円放埒《ほうらつ》の噂についつい居たたまれなくなっておどおど問いかければ、興円は必ず甘言と共に己が身を用いて登勢を彼方に運びやり、沈黙させた。

波打ち際の流人小屋だが登勢の助けもあって多少はましな場所に移し、青臭く黴臭《かび》い寝草の上で昼夜を問わず興円は登勢に重みをかけ、もともと頑健な登勢はそれによく応え、やがて根深き悦楽を覚えるようになった。あれこれ手管《てくだ》も仕込まれ、まさかと思っていたようなことを求められても興円が蕩《とろ》ける眼差しをして呻きでもすれば、登勢は夢中になって尽くし抜くのであった。

ただ胸中窃《ひそ》かに合点がいかぬのは、不邪婬その他の十戒をひたすら守ってきたと眼差しなど伏せて自負してみせたわりに、当初よりやたらと手慣れていたことで、しかも勘所を外さぬその狎《な》れきった手練手管はとても戒律を厳守してきた僧であったとは思えぬ。けれど興円が内に充ちる瞬間を喪《うしな》いたくない一心の登勢である。しかも興円と肌を合わせると、思わず興円が口許を押さえてくるほどにあられもない声が洩れてしまう昨今である。この快を喪うことなど思いたくもない。ゆえにそれを尋ねることはおろか問い詰めることなどできるはずもなく、じつに興円なしには夜も日も明けぬ登勢であった。

勢い、老父の世話も手抜きしているつもりはないが、どうしても疎《おろそ》かになり、冬の気配を孕みはじめた秋風が流人小屋の草壁を侘《わ》びしげに揺らすなか、虫の音と競いあうように興円と夜通し呻きあって払暁《ふつぎょう》にもどると、父は事切れていた。

人がいとも簡単に息を止めることは飢餓その他で思い知らされてはいたが、そして愛憎相半ばする父親であったが、こうして船虫に喰いあらされた流木じみた姿のまま微動だにしなくなると、唐突に興円がなんの助けにもならぬことを感じとり、登勢はこの世にたった独り抛りだされ、いよいよ己が匹如身《するすみ》であることを実感して土間にへたり込んだ。

への字形に歪んでひらいた口から紫に色の変わった舌がはみだしていて、登勢は老父が最後の最後、苦しげな鼾の頂点でぐっと息を詰め、痛苦に身を強張らせて身罷ったのだと直感し、決して穏やかな死に様でなかったことを思い知らされた。

匹如身といえば興円だ。いかに薄徳とはいえ一応は僧侶だったのである。せめて念仏を唱えてもらおう。登勢はすっかり昇るのが遅くなった朝日を背に足指の爪が剝がれるのもかまわず岨道を駆け、流人小屋の筵を撥ねのけた。先ほどまで登勢と番《つが》って充足しきった男は満足げな寝息を立てていた。だが、なぜか屍体に、父とは別物の美しき屍体に見えて息を呑んだ。我に返り、腹の上で手を組んで眠っている興円を揺りおこした。

　父が死んだと告げ、経をあげてくれと哀願すると、若い僧はいかにも大儀そうに生《なま》欠伸《あくび》を嚙み殺し、目頭をさぐってぼんやり中指の目脂《めやに》を見つめていたが、おもむろに登勢の手首を摑み、委細かまわず引き寄せ、重みをかけ、さすがに登勢が抗うと、試すがごとく上になれと命じてきた。父の死に様が脳裏に去来しはするが、なぜか興円の冷えきった声に逆らえず、それどころかそうせねばならぬかのような面妖な執着の念が湧き、それに圧し潰されて半泣きになった登勢は顔色をなくしつつも興円の腰の上にて仕込まれた動作をはじめ、あげく己の拇指《おやゆび》をきつく咬《か》んで悦楽の呻きを抑えこむ始末、心疾《こころやま》しさから目尻より涙が伝い、それを興円は黙って見あげ、時折おざなりに胸乳に手をのばし、あげく登勢の悲哀が増すほどに興円もその強張りを増していき、登勢が声をあげて泣きだしたとたんに烈しく爆ぜた。

＊

その晩、登勢はひとりで父の夜伽《よとぎ》をし、翌日ひとりで父を焼いた。誰もいない浜まで父をおぶって運び、骨にした。日が昇る前から乾いた流木を集め、それを井桁に組んですっかり固くなってしまった父を安置する。死した直後も流木に見えたが、こうして流木の上にあると色といい形といい見事に溶け込んでしまい、思わず目を凝らしてしまい、我に返った登勢は迫りあがる苦い笑いのようなものをどうにか呑みこんだ。

すっかり縮んだ父に絡みつく焔は冷たい海からの黒砂まじりの風に煽《あお》られて思いのほか燃え盛り、ときに啞然《あぜん》として後退《あとじさ》りさせられるほどに立ちあがった。その紅蓮《ぐれん》がおさまると、父は不規則に弾《はじ》ける音と共に時折青白い焔をちろちろあげながらあっさり灰褐色の骨になった。

登勢は腰を屈めてまだ熱い骨を拾い、父が日々、鹹草雑炊を啜《すす》っていた大きめの素焼きの丼《けんどん》に入れた。すべてを拾うのは無理だが、頭の骨の欠片はおおむね集めた。というのも見苦しいほどに薄汚かった父のものとは思えぬ微妙な嫋《たお》やかさ、柔らかさで湾曲していたからで、我知らず幾度かざらつく表面を指先にて撫でさすっていた。

薄々予感はしていたが夜伽には本家《ぼうえ》以下、誰も顔をみせなかった。五人組にも黙殺された。檀家になっているというのもおこがましいが、浄土宗の寺にも駆けたが、布施も満足に包めぬ不如意には関せずとばかりの扱いを受け、僧侶は多忙不在と見え透いた口上の小坊主がその場で慇懃《いんぎん》に両手を合わせただけだった。また明日は我が身と首を竦めているのか、父の数少ない茶飲み友達《おちゃぼうじ》さえも近寄らず、登勢は一夜を物言わぬ父と過ごしたのだった。しみじみ思った。なぜ、このような扱いを受けるのか。火事と葬式の二分だけはのぞくから村十分ではなく村八分であると聞いた。だが誰も登勢の家に関わろうとしない。死した父と登勢、見えない人にされてしまったようだ。もちろんあらためて哀訴したにもかかわらず、柔らかな面差しで話を聞くだけだった興円もやってこず、経のひとつもあげてくれなかった。

気まぐれに燠《おき》が爆ぜる音に疎ましさを覚えつつ、登勢はたった独りの夜伽を反芻し続けていた。まだ心のどこかで興円に期待していた登勢は、父の遺骸の傍らで消え入りそうな虫の音と共にまんじりともせずに外の気配に耳を澄まして通夜を過ごし、遠い一番《いちばん》鶏《どり》の声に俯き加減で立ちあがり、やはり興円はきてくれなかった——と、屍斑が浮いて背や臀が青紫の模様で飾られた父を見やり、幾度も溜息をついた。こんな非道《ひど》い扱いがあるものかと憤る一方で、こんなものだという諦念もあった。

これを葬式と呼ぶならば、なんとも心淋《うらさび》しいが、なにせ本家以下誰も近寄らず、坊主は見向きもしないから、葬式の手順もよくわからぬ。疫病や饑饉の折は八丈でも遺棄された屍体だけでなく近親をも火葬にすることがあり、母の屍骸も焼かれたと聞かされていた。それが心の底に刻み込まれていて、あえて父を火葬で弔ったのだ。

悲しみと怒りは内向し、腹部の痛みと便意を覚えて海岸の草叢でまだ燻《くすぶ》って白煙を棚引かせている流木を眺めながら用を足して、こんなときにも糞《くそ》をひる——と自嘲しながら足のあいだを一瞥し、便に鮮血が混じっていることに気付いた。いまだかつてなかったことだが、他人事のように感じられ、ふっと息をついただけで後始末した。

主立った骨以外は、あるいは大きすぎて扱いに困る腰や太腿《ふともも》あたりの骨などは岩に打ちつけて砕き、流木の灰と共に海に流した。父は片手で持てる鹹草の匂いの沁《し》みついた器《ごき》の中身だけになった。

海はだしぬけに昼下がりより冬の気配を孕んで沈んだ褐色を帯びはじめ、強風に嬲《なぶ》られ沖から乱れ、尖ってうねる。黒灰に垂れこめた雲に反響するかのような重々しい海鳴りが耳の底をいたぶり、打ち寄せる白浪は荒々しさを増し、流木や骨の細片を投じているときにも気を抜くとその無数の純白の手に摑みとられて引きずりこまれかねぬ険難《けんのん》さで迫りきた。全身に潮をかぶった登勢の髪に白くまだらに塩が浮く。海は荒れ狂う嵐のときほどの暴虐ぶりを発揮しているわけではない。けれど、それゆえに油断が生じやすいことを悟っている島人は、こんな日にはあえて海辺には近づかぬ。そこで咎《とが》めを受けず、人目を気にせずにすむと判じた餓えた流人が海藻等を求め、島で言う磯物取りに出向いて波濤《はとう》に攫《さら》われて消える。

「餓えた流人――」

呟くと、苦い笑いが泛ぶ。餓えた流人は登勢の食い物まで平らげて、目にしたことはないが噂に聞く役者絵の女形のごとき色香を放ちはじめ、いまごろは登勢以外の娘と黄葉した赤芽柏《あかめがしわ》の森にでも潜んで濡《ぬ》れた音をたてあっていることだろう。登勢はきつく下唇を咬んだ。血が滲んだが潮まみれなのでその味に気付かなかった。

下唇を咬みしめたまま、沖を睨んで自問する。では、興円から離れられるのか。興円はその行いと裏腹に、いつだって登勢を抱いているさなかに肯《うけが》う言葉を口にし、登勢のよさを囁く。それが口先だけであることは百も承知ながら、生まれてこの方他人から認められたことのない登勢は、もはや興円の囁きを生きる因《よすが》にしてしまっている。それに――興円の唾や肌の香りを忘れることができるのか。とりわけ腋窩《わきのした》のあの酸っぱい匂いだ。なによりも興円のひ弱な軀にふさわしくないとさえいえるあの男の強張りから離れられるのか。心にも軀にも興円の鋭い爪ががっちり食い込んでしまっていることをいまさらながらに悟った登勢は蟀谷《こめかみ》のあたりを揉みながら、放心した。

打ち寄せ、砕け散る激浪をぼんやり眺めて飛沫《しぶき》を浴びているうちに薄暗くなっていた。冷えきってしまい、登勢は両腕で自分を抱き締めるようにして胴震いした。興円に対する情はいかんともしがたい。それは割り切りではなく遣る瀬ない諦観《ていかん》だった。

「人を恋うることこそ地獄」

登勢は運命を呪った。しかも諦めたつもりなのに、眼前に妬心《としん》の描きだす鮮やかな絵が泛ぶ。いまだって強蔵の興円は、あの色白の華奢な娘の腹の奥にどれだけ精を注ぎ込んでいることか。寒さに収縮していた毛穴が一気に尖る。割れそうなほどに奥歯を噛みしめていた。胃の腑《ふ》のあたりがきりきり痛む。

興円と出逢いさえしなければこんな苦しみを味わわずにすんだのだ。無人の浜で登勢は苦悶《くもん》した。嫉妬のせいか胃の腑の痛みはいよいよきつく、苦痛に腹のあたりを両手で押さえた。このまま父を追って息絶えてしまうのではないか。そんな投げ遣りな不安が這い昇る。にもかかわらず、登勢は空腹を覚えた。一夜まんじりともせず、朝まだ冥いうちからこの浜で父を焼いた。なにも口にしていなかった。腹が空きすぎているから痛むのだ。泣き笑いの貌でもう花も落ちたかと独りごちた登勢は手近な鹹草の薄緑の葉をもぎ、口許に運んだ。

とたんに嘔吐《えず》いた。

吐くものがないので黄水が口中にあふれただけだった。あれほど口にしてきた鹹草だったが、いまこの瞬間、見るのも厭《いや》だった。むかつきは尋常でなく耐え難い。ぎこちなく鹹草の群生から顔を逸らし、その場にへたり込む。鹹草の匂いが登勢を嘖《さいな》む。けれど動く気力もない。

目尻に滲んだ涙をこすっているうちに、月の満ち欠けにぴったり寄り添うがごとく訪れる他火とずいぶん無縁であることに思い至った。指折り数えてみたが、結局幾日遅れているか判然としない。不明瞭な記憶を手繰《たぐ》る。吹く風にようやく暑さの名残が失せたころ訪れるべき徴《しるし》が、はたと消え失せてしまっているようだ。興円に現《うつつ》を抜かしていたせいで、こんな寒風吹きすさぶころになってしまうまで他火のことなど一切念頭に泛ばなかった。そういえばあるころから乳房が妙に張って乳首が過敏で痛みを覚えるようになって、興円に触れられると好いのか苦しいのかよくわからなくなっていた。登勢はそっと下腹を押さえ、孕んだことを確信した。

すっかり暮れてから、どうにか立ちあがった。凍えていた。興円に子ができたことを告げるかどうか迷いはしたが、しんどくて億劫《おっくう》で眩暈《めまい》さえする。いまさら登竜峠を越える気にもなれず、海風にいたぶられながら追われるように荒《あば》ら屋にもどると父が寝ていた湿った冷たい床に突っ伏した。父が食べこぼしたのだろう、海水で煮た土稲子《つちいなご》の干涸《ひか》らびたものが寝床の隅に挟まっているのに気付いて、とたんに危ない唾が湧きあがり、烈しいむかつきを覚えて呻いた。

子ができたと確信したとたんに胃の腑の痛みは消えていたが、悪阻《つわり》はひどく、幾度も嘔吐いて七転八倒した。それでも父を焼いた日に妊娠に気付いたということに不可思議な符合を覚え、死んだ父が登勢の腹の中に赤子としてもどってきたと確信した。村十分といった酷薄な扱いを受けても、それでも腹の中には赤子がいる。子を授かった。たった独りではない。生きなければ——。興円も子ができたと知れば放埒から足を洗うのではないかと密かな、心許ない願望に近い期待が湧いた。

＊

夢想は裏切られるためにあると決めつけてきた。けれど腹の子は夢想ではなく現実の興円の子である。産みたい。育てたい。けれど言いだせぬ。乳白色のこしけが不快なのと、あいだをおかずに小用を足したくなることに難儀している。悪阻は嘘《うそ》のように治まってしまったが、酸っぱいものが食べたくて癇癪《かんしやく》をおこしそうになる。

興円は至って暢気《のんき》というべきか、登勢の軀や心の移ろいにはまったく気付いていない。あるいは気にかけていない。以前ほど己を犠牲にして興円に物を食わすこともなく、登勢は貧しいなりに貪欲になんでも口にする。興円は自分にまわってくる食物が減ったことに不平を洩らしはすれど、他の女から恵んでもらっていることもあって、しつこく絡むようなことはなかった。登勢は我が子のためにどのようなものでも余さず食べまくる一方で、興円はそんな登勢の様子にいよいよ深い頬笑みを泛べ、それとなく登勢とのことも潮時であるといった気配を漂わせるようになった。登勢はそれに気付いてはいたが迎合など以ての外、腹の我が子に対する思いが優る。産まぬうちから母であった。

「興円様の御子ができました」

極月《きわまりづき》とはよく言ったものだといよいよ肚《はら》を決めた登勢が腹に手をやって迫ると、興円はあきらかに狼狽え、身重――と唇が動くのがわかった。しかも器用に片眉だけをくいと持ちあげて言った。

「いや、その、そうですか。そうでしたか。たしか今年の十二月は大の月」

ようやく登勢の諸々の様子に符合がいったようで、幾度も頷く。大の月がどうかしたかと目で問うと、とたんに興円の貌いっぱいに笑みが拡《ひろ》がった。

「今年は、十二月は三十日まで」

「暦のことはよくわかりません」

「たしか昨年の天明四年は二十九日までだったはずで、けれど今年は一日多いんです。ぎりでやばな有様ではありますが、ぎりでやばだからこそ一日でも多いのは有り難い」

「なにが有り難いのです」

「今年のうちに、すなわち極月に極《き》まりを付けるには、まだ三日あるということです」

おなじ極月でも、お互いにまったく意味合いが違う。思わず復唱するように呟いた。

「極月に極まりを付ける」

「まさか産み育てることができるとでも」

満面の笑みの興円の問いかけに、登勢は唇をきつく結ぶ。実際に、この貧窮の底の底で子を育てることができるのだろうかと登勢本人が深く悩んでいるのである。けれど登勢だって産まれてしまえば、こうしてどうにか育ってしまっている。興円さえ誠を尽くしてくれるならば、たとえ流人の子でもなんとかなるのではないかと縋る思いであった。

興円は探る眼差しを笑みにまぎれさせて言う。

「島にて落葉《おちば》はやんごと呼ばれて蔑まれると聞きましたが」

落葉とは私生児のことである。

「流人とその子にはいざというときのお救い米さえ与えられぬと聞きました」

それから延々、興円は気持ち大きくなってきた登勢の腹のあたりに視線を注いで産み育てることがいかに難儀かを語って聞かせた。笑みを絶やさずに、けれど保身丸出しで捲したてる興円を登勢はまじまじと見つめて黙りこくっていた。胸の裡《うち》では、この男は父親になる気など欠片もないだけでなく、綺麗なだけの薄紙を貼りあわせてつくった華奢な提灯《ちょうちん》だと見切ってしまっていた。

どうやら言い含めることが難しいと悟った興円は、いきなり登勢にぶつかってきた。もちろん身構えたが、なんと興円は慾情していたのであった。もはや皺にしかみえぬ頬笑みを口許に刻んだまま、強張った劣情を押しつけてくる。登勢は思案し、逆らって暴れると腹の子に差し支える——とあえて受け容《い》れてやることにした。島の男の猥談で、孕んでも際限なく番っているというのを耳にしたことがある。おおっぴらに訊けぬから、さりげなく腹の大きくなっている女たちのお喋りに聞き耳を立てていたところ、男と肌を合わせることよりも、重い物を持ちあげたり冷やしたり息んだりするほうがよほどよくないと老婆が諭していた。興円はいまだかつてない勢いで動作しはじめた。どうやら突きまくり、ぶつけまくって流してしまおうと念じているようだった。登勢にとって意想外だったのは、ついぞ覚えたことのない深く際限のない悦楽に覆いつくされたことだった。登勢は己の肌と内奥の過敏さに周章《しゅうしょう》した。いくらなんでも自ら強く押しあててはまずいと戒める心の一方で、我知らずきつい密着を求めて興円の動きに合わせてしまっていた。

「どうだい、どうだ、子など産めば、こうすることはもうできないよ」

「なぜ――」

「なぜって、私が施しを与える気をなくすからだよ」

「施し――」

「私はね、初めておまえを見たときからね、誰にも相手にされぬであろうおまえにね、仏心ゆえにこうして精一杯の施しをせねばならぬと心に決めたんだよ。どうだい、好いか、好いだろう、好いだろうが」

施しのひとことに冷えきってしまった心と裏腹に、軀はいよいよ熱をもち、登勢は激烈な快に身悶えし抜いて大きく喘《あえ》ぎ、呻いた。それは快が過ぎて、ほとんど痛みと紛《まが》うばかりだった。そこに激突する興円の雄叫《おたけ》びのような声が重なった。あまりの悦楽に、気が遠くなった。

我に返ると、興円が登勢の脚のあいだにちょこんと座って項垂れていた。その顔付きから興円の目論見《もくろみ》が外れたことを悟った。けれど、もはや、こんな男の子を産みたくはないと登勢は凍えた憤りを抱いて、ゆっくり上体を起こした。興円に蔑みの一瞥を投げてから己の軀を見やれば、なるほど興円の白濁が泡立ちあふれているばかりであり、流れた気配の欠片もない。

深い溜息が洩れた。そっと腹を押さえる。この子がいとおしく不憫でならなかった。けれどいとおしくも不憫であるからこそ、この情も実もない現世《うつしよ》に我が子を産み落として息をさせてはならないと覚悟した。

どんなに愚かで腐りきった男でも、興円よりはましだ。興円を人として、男として認めるわけにはいかぬ。そんな興円からの施しのあげく、身籠もってしまったのは登勢の不徳の致すところだ。だからこそ興円の子をこの世に迎えてはならぬ。興円の胤《たね》をこの世に残してはならぬ。母として、我が子に死よりも重い不幸を背負わせるわけにはいかぬ。堂々巡りに近い思いと共に無表情に凝視すると、興円はあきらかに怯《ひる》んだ。その小心ぶりに嘲笑が湧く。

「大晦日《おおみそか》の晩までこの子と過ごします」

「――と、いうと」

「村の外れに流し小屋があります」

「それは――」

「貴男様のような人に非《あら》ずの子を宿してしまった女がひっそり計らう小屋でございます。なにせ、この世に恙《つつが》なく産まれてきた子でさえも、お返しといって、島では間引きがあたりまえですから」

「おお、それはよかった」

「よかった――と言いましたか」

繰り返して小首をかしげるようにして睨みつけると、思わず洩らしてしまった本音を糊塗《こと》するために興円はあれこれ脈絡《みやくらく》のない言い訳を重ねはじめた。登勢はぴしゃりとそれを押し止めた。

「やかましい。大晦日、必ず流し小屋にくるように。もし違《たが》えれば産みますし、村役人に訴えでます」

「行きますとも。行くに決まっています。登勢殿ひとりに重荷を押しつけるわけがない」

ふっと息をつくと、登勢は黙って立ちあがり、不実の塊を見てしまうと目が穢《けが》れるとばかりに興円を無視して身支度し、流人小屋をあとにした。忌々《いまいま》しいことにまだ興円との余韻が襲う。その痺《しび》れに気を抜くと腰が砕けそうだ。なにせ興円は、これを仏心ゆえの施しと言ってのけたのである。この悦楽、この煩悩に抗いきれずに宿してしまった子のことを思うと、それこそ宇右衛門ヶ嶽から身を投げてしまいたい。

そっと腹を押さえて俯いて斜面を登っていく。己の胎内で息づく命の哀れさに嗚咽《おえつ》が込みあげ、涙あふれて止まらない。海から這い昇る寒風に後押しされて岨道に至り、ここまでくれば興円にまで泣き声は届かぬと独り頷いたとたんに怺えきれなくなった。

あたりかまわず、声をあげて泣いた。

不憫で不憫で、悲しくて、登勢は両手で腹を押さえて泣きながら登竜峠を越えた。

＊

大晦日のまだ陽のあるうちに、芳香を放っていた白い花もすっかりしぼんで黒紫の実をつけつつある蔓蕎麦《ぬくたち》を折り取って用意した。どの程度の長さが必要なのか判然としなかったが、消沈しつつも覗いた流し小屋に登勢の下膊ほどの長さの干涸らびた桑の芽が落ちているのに倣った。

檜皮葺《ひわだぶき》の小屋は狭く、立ちあがれば登勢の背丈でも頭が閊《つか》える。土間はただの土の色ではなく、大量の血が染みているせいだろう、奇妙なまでに黒々艶々としていて足裏が粘った。魚を捌いて放置したときに似た饐《す》えた酸っぱい腥《なまぐさ》い臭いが漂い充ちていて、こんな季節なのに土間のそこかしこに銀蠅が群れ、登勢が足を踏み入れても申し訳程度に翅《はね》を揺らせるばかりで逃げもしない。蛆が孵《かえ》った茶色い蛹《さなぎ》が足裏で潰れ、この湿った小屋にふさわしくない乾いた音をたてる。

今夜の子堕《こお》ろしを知るのは、興円のみである。世話役の老婆にあれこれ尋ねることも憚《はばか》られ、無断で立ち入っているわけだが、まさか大晦日に子堕ろしする者があるなどとは思ってもいまい。

小屋でなにをどのようにするのか、その実際はまったくもってわからぬ心細さだが、島で堕胎は日常茶飯、ゆえに以前、他人事のように耳にしたあれこれを合わせて鑑《かんが》みるに、子袋の入り口は臀のほうではなく臍《へそ》の側にあるらしい。孕んでいると子袋の入り口とでもいうべきあたりが八丈富士のごとく迫りだしてきて、しかもそのほぼ中腹に火口のごとく窪んで穿《うが》たれている部分があるそうだ。蔓蕎麦か桑の芽を挿しいれて、そこを目指して突くのだ。加減するとうまくいかず、撓《しな》うのを利して円を描くように勢いよく突き刺せばよいとも聞いた。そういった断片を反芻しているうちに己の腹の奥を執拗に突く姿が泛び、吐き気がしてきた。それでも腰を屈めていなければならない天井の低さから、立ったままあれこれするのではないことが窺え、潰れた蛹の破片の上に座り込んだ。

興円には暗くなったら来るようにと流し小屋の場所を教えてある。遠い潮騒を聞きながら両膝を抱え込んで座って寒さを怺え、ときに飛びまわる銀蠅をはたき落としたりしているうちに暗くなっていた。新年を迎えるまでに興円が来なければ、登勢はここから立ち去って産む気でいた。しゃっぺんと蔑まれようが、本音では産んで育てたい。その一方で酷薄で実がなく、しかも淫慾だけは際限なしの興円の胤である。そこに自分の顔貌が加われば、最悪の子が出来あがってしまいそうだ。産むべきではないと、無理遣り己を納得させる。産み育てたいくせに、なんと悲しい思いを抱くのだろう。腹の子が不憫でならぬ。淫慾は興円だけでない。自分も堰を切ったようになって抑えがきかなくなり、その果てがこの態《ざま》だ。登勢は迷走する思いを持て余して声をころして顫えながら泣く。

月隠《つごもり》の晩だから、魚油の手燭《てしよく》を持ち込んでいた。自分で織った黄八丈の端布《はぎれ》を縒《よ》った芯を弄《もてあそ》んで灯《とも》すべきか思案しているうちに、癇癪が破裂しそうになった。いくら待てども興円が訪れる気配がないからだ。もう新年になったのではないか——。勢いよく立ちあがると頭をぶつけてしまうと怒りを抑えたが、そうせずとも冷えきってしまった軀はまともに動かず、膝に手をついてぎこちなく立ちあがったとき、隙間だらけの引き戸が軋み、顎を突きだすようにして興円が覗きこんできた。その手には盗んだのか借りた

ぼめて登勢を見やるばかりだ。

が、釣り鉤《ばり》でも引っかかったかのように痙攣《けいれん》して止まらない。興円は上目遣いで口をす

のか、提灯がさがっていた。登勢は頬が引き攣れるのを覚えた。我知らず掌で押さえた

やって来てしまった――。

もう、産めない。登勢はふっと息をつき、頽《くずお》れるように土間に臀をついた。無言で手をのばし、提灯を奪うと、この場にふさわしくない匂いがした。香を炷《た》きこめて興円に手渡した女がいる。この島でそんなことができる女がどれほどいるか。ともあれ登勢に対する無言の厭がらせだ。けれどいまとなっては億劫で咎める気もない。提灯の火を手燭に移すと、小さく爆ぜる音と鰯《いわし》の油の腐った魚臭い黒煙が立ちこめて、芳香は失せた。

頬にとまった蠅を意識せずに叩《たた》くと、誘われるように興円もまとわりつく銀蠅を大仰に払った。登勢は着た切り雀《すずめ》の鳶八丈の小袖の前をはだけ、興円と番うときと同様に脚を拡げた。唾を飲むような音が降ってきて、眉を顰《ひそ》めて興円を見やる。委細かまわず興円は膝をついて覗きこんできた。登勢は蔓蕎麦の枝を己に向けた。いきなり勢いをつけて突き刺す気にもなれず、ゆるゆる挿しいれた。そのあたりに忙しない息がかかる。四つん這いで鼻の穴の拡がった興円の顔が蔓蕎麦の枝が没したあたりに間近だ。怒鳴りつけた。

「離れろ」

とたんに興円は膝で立って仰《の》け反《ぞ》った。登勢は息を整え、突いた。痛みが疾《はし》る。けれど見当違いの場所を突いたのが直感された。ゆるゆると引きだして、円を描くようにと己に言い聞かせて、刺した。悲鳴をあげた。腹の奥をひどく傷つけただけで、またもや外したようだ。真っ直ぐ突いてどうするのかと己に言い聞かせ、こんどは蔓蕎麦の芽に左の丈高指《たけたかゆび》を添えて臍のほうをさぐる。挿しいれた指から掌、そして手首から下膊と噴き出す血に染まっていく。それでも八丈富士の火口をさぐりあてた。端《はな》からこうしていればよかったと悔やみ、蔓蕎麦の芽の先端を丈高指で押し込むようにして、茎を握った右手に力を込める。

蔓蕎麦の先端が刺さった子が、あまりの痛苦に登勢の口を通して哀叫《あいきよう》を迸らせたかの悲鳴であった。仰向けに昏倒した登勢を凝視する興円の口許には、誰にも見せたことのないであろう歪みきった真の笑いが泛んでいた。笑う興円の眼前で登勢は血とも肉とももつかぬなにものかを流出させた。興円には登勢が拳よりやや大きいほどの赤黒い塊を産み落としたかのように見えた。興円は登勢が気を喪っているのをよいことに、その塊を指先でつついた。幽かに動いた。あわてて手を引っ込めた。肉塊が揺れただけだと己に言い聞かせ、ふたたび触れた。もう興円の子は微動だにしなかった。ならば——と興円は瞬《まばた》きを忘れ、流血夥《おびただ》しい登勢の胎内に指を挿しいれて邪険にさぐった。昂ぶりが頂点に達したとき、外から控えめに名を呼ばれた。

「興円様、興円様」

か細いが媚びのたっぷり詰まった声だ。興円は女に聞こえぬよう舌打ちし、血濡れた手を登勢の鳶八丈で雑に拭い、立ちあがりかけて気怠《けだる》そうに腰を屈めて提灯を手にし、あらためて外で待つ女のためにとびきりの頰笑みをつくり、血まみれの登勢を一瞥して背を向けかけ、足許になかば土に埋もれた筵があることに気付き、さも薄汚い物を抓みあげるがごとくの手つきでそれを登勢にかけ、隠処を覆った。

「養生なされ」

御仏も斯《か》くやたる慈愛の面差しで見下ろして、叮嚀《ていねい》に手を合わせる。興円様、興円様とまた呼ぶ声がして、歪めかけた貌を取りなすかのように先ほどの頰笑みにもどし、あっさり背を向ける。

このまま気を喪っていられたらよかったのだが、あまりの苦痛に身悶えしたとたんに登勢は引きもどされた。流し小屋の外でなにやら衣擦《きぬず》れが聞こえ、睦言《むつごと》のような調子で問い詰める声がとどいた。

「なにゆえ興円様はあんな不器量を好きこのまれますか。気がしれませぬ」

「なに、これを言ったら仕舞いだけれどね、貌不味《まず》き女、軀美味《うま》しといってね。醜女《しこめ》は味よきとされていてね」

「厭な興円様。で、どうなんです」

「どうもこうも別段――。功徳《くどく》を施したのですよ」

「ふん。ちゃんと流れましたか」

「流れましたとも」

「見たい」

「見ぬほうが身のためでございます」

「それほど――」

「はい。さ、行きましょう」

登勢は口をひらいたまま、虚ろな眼差しで低い天井の闇を見つめながら呟く。

「醜女」

その頬には感情の欠片もなく、そんなものか――とほとんど声にならぬ声が続いた。

＊

興円がかけた筵は濡れていて、しかもなかば凍りかけてずしりと重い。けれど脂汗を流して痛苦に喘ぐ登勢にはその冷たさが有り難いくらいだった。凍えきって痛みが麻痺した瞬間、登勢はふたたび気を喪った。

次に気付いたときは小屋の中で光が爆ぜ、朝方に完全に凍ったのだろう、筵も白銀に輝いていた。登勢は筵の冷たさに烈しく顫えはじめた。血が流れすぎたのか。己の軀がほとんど熱を喪っていることを悟る。相変わらず微動だにできず、かろうじて動かした目の先に若干の霜を纏《まと》って鮮やかな朱に凍った登勢の子供だった塊があった。それが急に迫りくる闇に溶けた。合わせて登勢は息をするのをやめた。

天明六年正月元日、日蝕皆既――。日蝕えつきて、未一刻にふたたびあらわれた太陽を登勢がその目で見ることは、なかった。

次二

足許《あしもと》を艶やかな黒褐色の蟲《むし》が目にもとまらぬ速さで抜けていった。鍵役《かぎやく》の黒目がすっと右下に動いた次の瞬間に御器噛《ごきかぶり》は踏みつぶされていた。ぺち、という冴《さ》えない音が耳の奥にこびりついている。次二《つぐじ》は薄黄色の体液を撒《ま》き散らして爆《は》ぜ、平たくつぶれた御器噛に目を凝らしたが、すっかり蔭《かげ》ってしまったせいもあり、つぶれた刹那には目にも鮮やかに映じた御器噛が、鳥目のせいか曖昧《あいまい》かつ不明瞭な汚れにしか見えなくなった。

それにしても、臭い。次二は畳二枚敷のごく狭い火之番所こと改《あらため》番所の前の土間に引き据えられているのだが、糞《くそ》と垢《あか》と尿と汗と血を練り固めてじっくり腐らせたかのような臭いが漂ってきているのである。もちろん不快であるが、生きている物が垂れ流し、滴らせた臭いでもある。正しくは生だけでなく、その先の死の臭いもあわさっているのかもしれないが、兎《と》にも角《かく》にも漂い迫る臭いには蠢《うごめ》く命の猥《みだ》らさが横溢《おういつ》していた。

糞尿垢汗血など、あれに比べればどうということもない。あれは酷《ひど》かった。胃の腑《ふ》が縮みあがり、いやな唾が湧きあがって嘔吐《おうと》するしかなかった。あの地獄を潜《くぐ》り抜けてきたこの俺だ。この臭いならば耐えられる。すなわち牢屋にも耐えられる——と、次二は頬を幽《かす》かに歪《ゆが》めた。

鍵役は次二の薄笑いを見咎《みとが》めはしたが、それについてはなにも言わず、大仰に両目を見ひらいて威厳を保つ。胡粉《ごふん》入りのせいで白さが悪目立ちする西の内紙の入牢証文に見ひらいた目を瞬《まばた》きせずに落とし、問う。

「その方、誰御掛かりにて出所は何処《いずこ》、何歳か」

「北町奉行所様御掛かりにて上州群馬郡《くるまごおり》は柏木澤《かしわぎざわ》村、当時無宿にて年十九歳、次二と申します」

次二は大番屋で仕込まれたとおりを抑揚を欠いた調子で口にした。もちろん名はでまかせで、出生地も博奕《ばくち》仲間の口にしていたものをいただいた出鱈目《でたらめ》だ。このころ無宿と一括《ひとくく》りにされて、いちいち生国《しょうごく》等々調べぬことが無頼のあいだでは知れ渡っていた。

鍵役は入牢証文の次二という名にあらためて視線を落とし、見るからに次男坊の冷飯食いの穀潰《ごくつぶ》しめ——といった冷笑で唇の端《はし》を歪め、出所年齢証文どおり遺漏はないかと一応吟味するふりをし、己の名を頭に加えて奉行所役人に慥《たし》かに受け取りましたと仰々しく口上を述べた。

役人が退出すると、次二は外格子と内格子に挟まれた外鞘《そとざや》に連れていかれた。大牢間近である。いよいよ悪臭が強まってきたが、次二はあえて数度、大きく息を吸い吐きして胸中に糞尿垢汗血を捏《こ》ねくりまわしたかの臭いを充《み》たし、昂然《こうぜん》と顔をあげた。

「御牢内には法度《はっと》の品があるぞ。まず金銀、刃物、書物、火道具類は相成らぬ」

毎回、同じことを言い続けているうちに節回しができあがったか、先達から受け継いだのか、調子をつけた鍵役の口調は芝居がかっている。あわせて平当番が反っくり返って続けた。

「その方、蔓《つる》とて牢内に金子《きんす》など持参すること無用なるぞ。もし持参致し候《そうら》わば早々差しだすべき也《なり》。万一後日に相知れ候えば、相済まざること也」

これも博奕打ちの仲間から聞き知っていた次二は、手抜かりなく答える。

「然様《さよう》の品は、これなし」

はて、初牢と聞いたが強《したた》かな――と平当番が上目遣いで次二を見やる。初めて投獄される者は大概が縮みあがって持参の金を差しだしてしまうものであるが、次二は相当に肚《はら》が据わってみえる。張番が北町奉行所をあらわす白染めの縄を解き、次二を素裸にする。衣類改めである。三人がかりで着ていた物から軀《からだ》のすべて、髪、口中、足裏まで調べあげられた。次二は仏頂面で梁《はり》のあたりを見つめているが、平当番はその股間が悠々だらりと垂れ下がっているのを一瞥《いちべつ》し、これはなかなかの玉だわいと胸の裡《うち》で呟《つぶや》いて、一人でにやつく。玉と睾丸《たま》をかけたのである。以前は牢屋敷においては長物、細物と称される帯と褌《ふんどし》は取りあげることと定められていた。牢内で首を括《くく》って自死するのを防ぐためである。けれどいまでは首吊《くびつ》りは勝手《かって》次第《しだい》ということで虫食いだらけの帯も煮染めた色に変わってしまった褌ももどされた。

調べが終わって次二はこれ以上襤褸《ぼろ》もないという己の着流しに雪駄《せった》をくるむよう命じられた。粗麻《あらそ》の帷子《かたびら》が与えられると聞いていたので話が違うと眉根を寄せる。もちろん文句を垂れるわけにもいかず、雪駄を包んだ襤褸を丸裸のまま前に抱えて小走りという無様な姿にて大牢に入れられることとなった。

無宿者は本来、町人などと一緒にすると悪影響が過ぎるということで二間牢《にけんろう》に収容されることになっていたのだが、天明年間に至って世情の乱れとともにあまりに無宿が増え、狭い二間牢に抛《ほう》り込むには無理があるようになり、百姓はともかく無宿、町人の区別なく大牢に入れざるをえなくなっていた。ちなみに次二が抛り込まれるのは初犯で処遇が容易な者が入れられる東大牢ではなく、牢馴《な》れした極悪人と殺人などの重罪人が収容される西の大牢である。鍵役が格子の奥にむけて銅鑼声《どらごえ》を張りあげる。

「大牢」

一呼吸おいて内から牢名主がどすのきいた低い声で返す。

「へい」

「牢入りがある。曲淵《まがりぶち》甲斐守《かいのかみ》殿御掛かり、上州群馬郡柏木澤村、無宿、次二、十九歳」

鍵役が入牢証文を読みあげると、牢名主が御有り難うございますと慇懃《いんぎん》に答え、入口閂《かんぬき》が軋《きし》んで、内からの、さあこい——という声と共に次二は腰を落として牢内に入ろうとした。張番が狙い澄まして腰を突いた。せまい戸前口を抜けようと前屈《まえかが》みになっていたからたまらない。次二は翻筋斗《もんどり》打って牢内に転がり込んだ。すんでのところで洩《も》らすところだった。狼狽《うろた》え気味に臀《しり》の両の膨らみをきつく押さえた。なにせずしりと重いものを詰め込んであるのだ。虚を衝《つ》かれるといかんともしがたい。西日のころまで大番屋に留めおかれていたが、その間も尻に詰め込んだものが洩れださぬよう尻穴に気合いを入れるのに必死だった。

それはともかく伝馬町《てんまちよう》牢屋敷に連れてこられてしばらくするとすっかり暮れてしまったこともあり、昼でも薄暗い牢内にはいよいよ薄闇が垂れ込めて様子が判然としない。首など竦《すく》めて周囲を見回そうとしたとき、翻筋斗打ったときに取り落とした着流しを奪われ、その襤褸を頭からかぶせられた。次二は覚悟を決め、敲《たた》かれて洩らしては不細工——ときつく尻を閉じた。四番役と称する牢役が委細かまわずキメ板で臀を殴りつける。入墨者以外は初っ端《しよぱな》の挨拶代わりにそうされることを教えられていたから、次二は臀の肉が爆ぜる音を他人事のように聞きながら、きつく奥歯を噛《か》みしめ、声もあげぬ。

歪めた顔をあげると本番がシャクリをいれる。——娑婆《しやば》からきやがった大まごつきめ。磔《はつつけ》め。素首《そつくび》下げやがれ。御牢内は御頭、御角役様だぞえ。一二一六一候《いちにいいちろくぴんぞろ》とり、大坊主野郎め。汝《うぬ》がようなまごつきは野盗もしめえ、火も附《つ》けめえ——しばし神妙に構えていたが、先ほどの鍵役といい、どいつもこいつも役者にでもなったつもりらしい。莫迦《ばか》らしくなった次二は芝居がかった大見得を切る本番の長広舌《ちょうこうぜつ》を聞き流す。——薩摩芋の喰《く》い逃げか、夜鷹《よたか》の揚げ逃げでもしやがって両国橋をあっちこっちへまごついて、大家の初か芋源に突き出されてしくじりやがったろう。直《すぐ》な杉の木、曲がった松の木、いやな風にも靡《なび》かせんとお役所で申すとおりに、有り体に申し上げろ——どのような罪を犯して入牢と相成ったかを牢名主に告げろということである。ようやく目が慣れた次二は十枚ほども積んだ畳の上で踏ん反り返る牢名主こと御頭に視線を据えた。

「殺《あや》めたということで」

ふん、と牢名主が嗤《わら》う。次二はいったん視線を下に落とし、独語するように言った。

「嵌《は》められました。濡《ぬ》れ衣《ぎぬ》でさあ」

ふたたび牢名主がふんと嗤う。悪臭の坩堝《るつぼ》にして極悪非道ばかりが雁首揃《がんくびそろ》えているこの場で事の次第を語っても無駄であり、よけいな釈明は心証を悪くするばかりだと次二は悟った。詰まるところ詮議のときに有りの儘《まま》を述べるべきだとの割り切りがはたらき、自嘲気味に笑い返した。とたんにまたもやキメ板でこんどは背を敲かれ、後ろ手にそっと触れると血が粘った。

「命の蔓を持ってきたか」

「——五両ほど尻の穴に」

「おお、よい料簡《りようけん》だわい。客座が似合う」

牢役人の一人だろう、白い眉毛のやたらと長い老人が嗄《しわが》れ声で言った。挨拶としてキメ板にて敲かれはしたが、どうやら為損《しそん》じもないようだと胸を撫《な》でおろす。殊勝にみえるよう俯《うつむ》き加減で、けれど周囲に卑屈と取られぬよう気配りする。

だが汚れが重層して沁《し》みこみ、逆に黒光りしている羽目板を素っ裸で見つめているうちに若干の不安が迫《せ》りあがってきた。これでよかったのだろうか——という漠たる虞《おそ》れと憂《うれ》いである。無実なのだから、逃げも隠れもしないと昂然、顔を上げてお縄となった次第だが、とことん逃げる算段をすべきだったのではないか。

喧嘩《けんか》にて散々ぶちのめした相手から嵌められ、人殺しとして売られたことを知った当初は怒り狂いもした。けれど、いよいよ捕縛の輪がせばまって、情況からいって捕方の手から逃げ切れぬことを悟ったときに、ここで大立ち回りをすれば悪足掻《わるあが》きと取られ、心証を悪くするばかりであろうと判じ、次二は己のこういった小賢《こざか》しさに似た物分かりのよさとでもいうか要領を内心では嫌悪しつつも、どのみち捕まるならば——と素直にお縄についたのだった。

ただし諸々を勘案して逃げ切れぬことがわかった時点で牢屋敷のことなど、牢に入れられたことのある仲間の博奕打ちらからあれこれ聞き出してとことん下調べし、それなりの用意もした。無茶もするが、そして当人にとっては微妙なものもあるのだが、こういった心配りができもするのである。

もちろん腸《はらわた》は煮えくり返っている。濡れ衣であることを聢《しか》と申し開きして、必ず娑婆に舞いもどって野郎に仕返ししてやる。こんどはほんとうにぶち殺してやると眦《まなじり》決し、とたんに滾《たぎ》っていた怒りは内向して冷たい焰《ほのお》となった。けれど牢内で殺されては意趣返しもなにもあったものではないから即座に某所より十数両ばかり盗んだのである。

畢竟《ひっきょう》、次二は殺しを疑われても致し方のない荒廃した日々を送ったあげく無実の殺しで廻《まわ》り方に差し口されてお縄頂戴と相成り、いわゆる送りとなったわけだが、そして番屋や大番屋の下調べは、これこれこの刻限には今川橋《いまがわばし》のあたりで釣り糸を垂れておりましたがゆえ、敲き殺しの場にはおりませんでした、と有り体に申し開きしようとも糠《ぬか》に釘《くぎ》であった。ところが十両以上で死罪であるから実際に行った盗みの額からいっても露見すれば問答無用で死罪なのだが、いまや牢内ということもあって盗みは露顕《ろけん》してお

らぬから皮肉なものである。

次二は溜息《ためいき》をつく。銀貨は大きくて難儀するから金貨にしろと助言され、けれど尻の穴に異物を押し込めるのはなにぶん初めてのことで、とろりと濃い胡麻油《ごまあぶら》を用いて滑らせて仕舞い込んだわけだが、その気持ち悪さといったらなかった。五両分ほど押し込んで、萎《な》えてしまい、残りは忠告してくれ、あれこれ面倒をみてくれた男に呉《く》れてやった。

そんな次二を厠《かわや》の傍らに膝で立たせて詰《つめ》の本番が——これ新入り、娑婆じゃあなんと

いう、厠というか、雪隠というか——と、またもや得意げな調子で大見得を切りはじめたのである。要は詰と称する牢内の厠を使うときのあれこれ、汚したときの浄《きよ》め方やら制裁を延々と決め科白《ぜりふ》で説き聞かせるのである。いちいち——穴を縦八寸横四寸、前に打ったが睾隠《きんかく》し、まわりを打ったが抹額縁《まっこうぶち》——と教えたあげく——牢役の許しを得ぬうちに如意棒をにょっきり立ちさせやがると御牢内のタタミ仕置きを申しつけるぞ——と睨《にら》みつけて凄《すご》んでくる。

次二が苦笑いを吞《の》み込むと、詰の本番は平当番と同様、全裸の次二の股間を素早く一瞥した。ほとんどは縮みあがって毛のなかに隠れてしまうものだが、だらりと下がったきんたま共々ごく平静な姿であることを見てとって、これはなかなかだわいと首の横など搔《か》きながら、さりげなく牢名主を見やると、この若造は使えるから虫の息にするな——と目顔で合図してきた。なによりも五両持ち込んだというのだから地獄の沙汰も金次第、さしあたり次二は牢内の諸々の決まりを叩《たた》き込まれはしても、殺されはしないこととなったのである。

さて次二には牢内で蔓漉《つるこし》と称される一仕事が残っている。すなわち盛相《もっそう》という一人分の飯の量をはかる器の底に仕着せの帷子の切れ端でつくった味噌漉《みそこし》のようなものを敷いたところに大便をさせられるのだ。首尾よく次二が排便すれば、水で便を漉すかのごとく洗い流して排泄《はいせつ》した金を取りだすという仕儀であり、次二は押し込んだ金貨を放《ひ》りださねばならないのだ。奇妙なことに一晩泊められた大番屋で出してはならじと気合いを入れていたときはいまにも洩らしてしまいそうだったのに、こうしていざ出そうとすると、うまくいかない。いかにも憂鬱《ゆううつ》そうな次二の顔を上目遣いで見やって、詰の本番がとっとと放りやがれと促す。次二は俯き加減できつく目を閉じ、己に没頭し、腹のなかの異物を放出すべく集中し、息んだ。

大番屋では重苦しい腹痛に苦しめられ、気を抜くとどうにか収めた一分判を洩らしてしまいかねなかった。よくもまあこんな角張った半寸強が二十も尻の穴のなかに収まったものだと己でも呆《あき》れつつ、ようやく軽くなった下腹を撫で、肩で息して安堵する。とたんにキメ板で敲かれた臀や肩が熱をもってじくじく痛んできた。

先ほど、厠の傍らで能書きをあれこれ垂れられたとき、膝で立たされた。なるほど青黒く腫れあがって裂け、出血しているであろう臀ではまともに座ることなどできるはずもない。じつはほとんどの者はそんな臀を承知であえて座らされ、場合によっては漬物石と称して肩口を上から押さえつけて重みをかけられて苦痛を与えられるのだが、どうやら次二は特別扱いされているようだった。

それでも、さりげなく己の肉を裂き、千切り破ったキメ板を盗み見る。長さは二尺五寸ほど、幅は三寸ほどか。桐板であるようだ。べっとり血で汚れていた。見咎められぬようさりげなく背をさぐって骨が出ていないことに胸を撫でおろす。

その夜は畳ではなく、土間に全裸で寝かされることになった。まだ平囚人たちは寝ることを許されていない刻限だったが、てめえはそこで転がってやがれ——と顎をしゃくって命じられたのをよいことに、蒸れて汚れた足指のあいだにたまった垢に似た臭いが漂う土間に転がった。臀や背が腫れあがっているので仰向けになることはできず、心の臓を下にしてじっとしていた。

じつは牢内、大入り満員にて途轍《とてつ》もなく過密で、牢名主曰《いわ》く、畳一畳に十八人まで詰め込むと豪語し、横になったまま間近の畳を目を凝らして窺《うかが》うと、誇張でなく片側に九人ずつ各々が膝を開いて立ち、くるりと一周させられていた。それが就寝の刻限には互い違いに軀を縮めてどうにか横になったのだが、もちろん身動きひとつできずに密着させられ、呆れたことに交互に他の者の肩を枕にして眠らされていた。

いやはやなんとも——と、次二はそれを横目で眺めつつ、今宵がいつにもまして残暑が猛《たけ》っていることもあって畳一畳十八人が皆、朦朧《もうろう》として虫の息であることを見てとり、逆に一人で石張りと思《おぼ》しき土間に転がっているほうがよほどましと、いつの間にやら鼾《いびき》をかいていた。

朝七ツ、まだ牢内が薄暗いころ、牢役が銅鑼声を張りあげて点呼をはじめ、次二は跳ねおき、鈍痛の迫りあがる臀を宥《なだ》めつつざっと勘定した。小座と称される平囚人の居場所は畳一枚に十八人であるから、そしてそれが殆《ほとん》どを占めているから数えやすい。牢内には九十人ほどが詰め込まれていた。

　これでもまだ残暑厳しきころであるから八月の末まで東西両牢に振り分けられているとのことで、九月からは寒さに備えて押し競饅頭《くらまんじゆう》ではないが片牢に全員を詰め込むという噂《うわさ》があるそうだ。実際には三十畳ほどしかないのだから有り得ぬことだが、さらに九十人がここに這入《はい》ってきたら——と次二はちいさく途方に暮れた。難癖付けて殺してせいぜい人減らしせねばならないことも悟った。

　ともあれ着流しや褌がもどされて裸虫の身分からは抜けることができた。じつは着ている物が襤褸でなければ奪われて、牢内で死した者が着用していた病死《びようし》ケ輪《がわ》と称される代物をかぶせられ、着せられるところだった。これが血膿などが沁みて、じつに悍《おぞま》しいものなので、襤褸とはいえ己の物でよかったと次二は控えめに息をつく。しかも一畳に中腰の十八人ではなく五両が功を奏したのか、普通に畏《かしこ》まって座ることのできる客分の扱いであった。

　朝飯も、ちゃんと喰うことができた。もっとも、どのようにしてつくればこのように臭い飯ができあがるのかと辟易《へきえき》する半ば腐敗した酸っぱい玄米、そして具のない汁と塩に、牢内で漬けることが許されているという糠味噌漬けの得体の知れぬ黒ずんだ菜の切れ端が少々であった。漬け物はこれも五両のおかげの特別扱いらしい。けれど昨日、己が糞を放りだした盛相で喰べさせられるのだからたまらない。とはいえ喰う物があるのだから文句を言う筋合いはない。次二は地獄だった来し方を思い泛《うか》べ、貪《むさぼ》り喰った。

あれこれ語りかけてくる隣の男は悪気のない深切《しんせつ》な男で、息子のような年頃の次二に牢内の仕組み為来《しきた》りを教えてくれた。それによると名主以下十二人の牢内役人を置くことが御上から許されているとのことであった。すなわち囚人を役人に仕立てあげて牢内を自治させるという寸法である。

この閉じた狭苦しい世界で自治をさせるということは、外界では窺いしれぬ権力を手にすることができ、いかなる横暴も為せるということだ。そもそも仕打と称して折檻《せっかん》することが公に認められているのである。畳一枚に十八人を押し込め、畳十枚重ねの上に一人で踏ん反り返って睥睨《へいげい》していられるということは生殺与奪の権を握っているということなのだ。なお厠の番をする詰の助番が牢内役人のなかでは一番下っ端であるそうだ。

この公認の役人以外に大隠居、穴の隠居、隅の隠居に若隠居、親方、帳代といった内々の役人がいることもわかった。それぞれがどれくらいの力を持っているかは、一枚の畳に幾人座っているかで一目瞭然である。平囚人であっても畳一枚に六人の六人詰という扱いもあるのだ。ちなみに蔓をたくさん持ち込んだ次二は下座見習の穴の御客だそうだ。

「尻の穴から放ったから穴御客ですかい」

問いかけると、男は小声で笑い、近頃の世情の乱れもあって入牢者は引きも切らず、おまえさんは運がいいと囁《ささや》かれた。もう牢内は極まってしまっているから、これからは作造り——入牢者の間引きが行われるだろうからせいぜい要心しろと忠告された。とりわけ鼾が五月蠅《うるさ》いと、間違いなく作造りに遭うという。以前、幾度か鼾を指摘されたことのある次二は思わず己の口と鼻を覆った。

牢内は静粛であった。喧嘩口論する者があれば、即座に敲刑に処せられるからだ。咳《しわぶ》きひとつも遠慮気味で、とことん張り詰めている。次二はいまだかつてこれほど厭《いや》な緊張状態を知らず、苦労して一分判を詰め込んで持ち込んだことは無駄にならなかったと胸を撫でおろす。

なにせ一畳に十八人からは時折、血の巡りがおかしくなったせいだろうか、青緑という奇妙な肌の色に変わり果ててどさりと斃《たお》れる者がある。もちろん息をしていない。折り重なるようにして中腰を強いられている男たちの顔には、一人減った——という安堵がにじむ。だが牢役の気まぐれで、そこに新たに押し込められる者もある。

夜間、まともに眠れぬ平囚人がこらえきれずに居眠りでもしようものならば、投枕と称して手拭いを硬く巻いて玉にしたものを投げつける。水を沁みこませてあるからまるで鉄球である。顔面に当てられた平囚人の口から折れた歯が血混じりの涎《よだれ》と共に垂れさがった。

次二は途中から聞き流してしまっていたが、詰の本番がさんざん詰の教えなる厠の使い方を講釈したことのひとつに、夜中に厠に立つには寝ずの番に詰を願いますと声をかけねばならぬという為来りがあった。とにかく夜間、厠に立つにはあれこれ面倒な作法があり、やたらと厳しい。なぜかといえば一畳に十八人という境遇に耐えきれず、厠にて一息つこうとするのを防ぐためであり、平四人は徹底した加虐のなかにあった。

その夕刻、新たに四人、入牢した。一人は入墨者だった。次二もそうだったが入牢は夕刻であることを知った。この者たちは昼に牢屋敷に送られて、炎天下に牢庭につながれて放置されていたそうで、早くも消耗しきった顔つきだった。入牢式と称するキメ板による敲きをまけてもらえる入墨者はともかく、残りの二人は滅多打ちにされた。が、なぜか一人だけ、よほど多額の命の蔓を持ち込みでもしたのか、入墨者でもないのに一切打ち据えられぬ者があって、この者は顔面蒼白なまま俯いている。

次二自身幾度敲かれたか判然としないが、新入り二人に加えられた打擲《ちょうちゃく》はおそらく次二の十倍ではきくまい。つまり端《はな》から殺しにかかっているようなものであった。次二は目をしばたたいて呻《うめ》く男の背から露出した骨を見つめた。肩の骨であろう、男が動くと、別誂《べつあつら》えの絡繰人形《からくりにんぎょう》のごとくぎくしゃく血まみれの薄黄色の骨が動く。次二は一人から敲かれただけであったが、このように大勢から際限なく敲かれるのを背を割るというのだそうだ。もう一人の男はまさに背を割られて首から腰まで皮膚を突き破った背骨の尖《とが》りを見せつけたまま微動だにせず転がっている。

敲きを免れた二人の男を次二は交互に見やった。入墨者は神妙に畏《かしこ》まっているが、一切打擲されなかった男は俯いたまま、あきらかになにかを恐れている気配で、全裸の背を丸めている。これは何事かある——と悟った次二は牢内全体に立ち籠める禍々《まがまが》しい気配にちいさく首を竦めた。

打ち据えられた者の呻き喘《あえ》ぎばかりが耳の奥にまで這入り込んでくるばかりになったころ、憚《はばか》りながら——と平囚人のなかから一切打擲されなかった男を指し示して声があがった。

「もし、二番さん。こいつは紛《まご》うことなき岡引《おかつぴき》にて、あっしは此奴《こやつ》のために縄目にあい、憂《う》き目をみせられやした。どうぞ宜しくお願い申しやす」

妙に芝居がかったわざとらしいところのある申し出に、ふんふんと二番役が頷《うなず》いて、すべて聞こえているにもかかわらず、あえて牢名主に取り次いだ。じつはこの男の身許その他、すべて牢役らには伝わっていて今や遅しと待ち構えていたのだ。皆の後ろ暗い視線が敲きを免れた岡引らしき男に注がれるなか、牢名主が勿体付《もったいつ》けて承諾した。その態《わざ》とらしい遣り取りを見守っているうちに今夕、岡引が入牢することは先刻承知であったのだと次二にも合点がいった。あえてこのような芝居がかった刑の執行儀式を演じているのだ。

それは牢に閉じ込められて息さえまともにできぬ者たちの心根に巣くっている陰湿な

加虐の心を充たすための方策であり、平囚人が牢役らに対して牢内一揆を起こさぬための鬱憤晴らしでもあった。しかも隣の男が囁き声で教えてくれたところによると、この岡引は町娘を強淫して捕まったそうである。とたんに次二も、ケダモノかい、と冷たい投げやりな眼差《まなざ》しを浴びせる。手籠めでいらっしゃったんだから、三杯きっちりいくわな——と傍らの男が言ったが、三杯とはなにを意味するのか次二にはわからない。あえて尋ねもしない。

岡引、すなわち目明かしは、本来は目証《めあかし》の意であって、獄舎にある囚人《めしうど》のなかから選んでこの役に就けたのが始まりだ。巷《ちまた》に出して盗賊やアブレを名指しさせ、その差し口が重なれば罪を免じるという遣《や》り口《くち》であり、京で始められたという。江戸では与力、同心の配下として、多くは軽い罪を犯した者のなかから選んで採用したが、博徒が多かった。要は類は友を呼ぶといったところで、悪人を見つけ出すには悪人に限るというわけである。けれど小悪党に権限を与えれば、結果は見えている。己の罪を免じてもらうために無実の者を名指しするといったことが多発し、お代官手附と自称して百姓町人に対して強請《ゆすり》たかりの類いから女房や娘を連れまわして弄《もてあそ》ぶといった無理無体、あるいは取り押さえた盗賊に金子を要求して逃がし、盗賊に這入られた方にも取り押さえてやったのだからと金品を要求するといった狼藉《ろうぜき》ぶり、兎にも角にも弊害のほうが大きく、幕府は正徳《しょうとく》二年以来、禁止令を出しているが、犯罪者を捜査に使うという安易な遣り口はそれなりに功を奏することもあり、なかなか根絶しなかった。

ともあれ元々が悪党だからして岡引はこういう具合に下手を打って、あるいは岡引を使っていた同心から用済みとばかり売られて、よく牢に入れられた。そこで待っているものはといえば、突き上げと称する岡引に売られた者からの訴えであり、私刑であった。岡引は全裸にて正座して俯いて前屈み、膝の上で固く握りしめた拳が顫《ふる》え戦慄《わなな》き、首筋や背は脂汗に覆われて厭な光を放っている。けれどこの晩、折檻は行われぬまま着衣さえもどされての就寝となった。隣の男が次二に耳打ちした。

「懲らしめは、明るいほうがいいじゃあねえか。顔がようく見えたほうがいいだろう」

なるほど、と次二はまだまだ痛む臀や背をかばいながら初日と同様、心の臓を下に横になった。とたんに次二の腹が奇妙な音で鳴った。ちいさく吹きだした男が囁き声で寝入り端に飯の話をはじめた。食事《ヤツコミ》は朝夕二回、朝も夕も毎日献立はひたすら腐った玄米と尋常でなく薄い具なしの味噌汁に塩に漬け物の欠片《かけら》のみだという。ただ盂蘭盆《うらぼん》の七月十五日には刻み鯖《さば》の索麺《そうめん》が供されると教えられた。うんざりだろう、眩暈《めまい》がすらあ――と囁かれた次二は、まったくでさあと迎合しはしたが、奢《おご》ったことを吐《ぬ》かしやがる。食えるならばそれで極楽よ――と胸の裡で本音を呟いて、俯き加減で微妙な笑みを泛べた。けれど腹が鳴ったばかりか厭なげっぷが連続して酷く胸焼けがしてきた。腐敗した物を喰うのに躯が慣れていないのだ。地獄を経てきたわりにすっかり鈍《なまくら》になったもんよと自嘲し、それでも胃の腑を押さえて怺《こら》えているうちに眠った。

翌日、真っ昼間である。もっとも牢内は完全に閉ざされた場であるから、陽光が燦々《さんさん》というわけではない。なんとなく今日はいつもよりも晴れ渡っているようだといった程度の弱い光の撥《は》ね具合である。とはいえ囚人たちは敏感で、その微妙な光の射し方で降雨は当然のこととして日輪の様子、雲のかかり具合までをも正確に当てることができた。もちろんその底には外界に対する尋常でない渇仰《かつごう》があり、天候は最大の関心事といってもよいくらいであった。

ともあれ陽も這入らねば、風も抜けぬ。そればかりか伝馬町牢屋敷は湿地に建てられて尋常でない湿り気だ。こんな季節でも足先など冷たくなってくるのである。この湿気に人いきれ、じつに過酷な場である。それでも光の射し具合で漠然と午《うま》ノ刻あたりだろうということは次二にだってわかる。

昨夜ほどではないが胃のあたりが重く、左手で腹を押さえて次二は息をつく。昨夜、背を割られた二人のうち一人はあきらかに屍体《したい》と化していたが、そのまま転がされている。その方を見ると過去がじわりと呼び覚まされて危ない唾が湧きあがってくるので、次二は漠然と中空に視線を投げていた。それに気付いた隣の男が呟いた。

「殺してから概《おおむ》ね三日目に病死と届けるって寸法さ」

「——通るんですかい」

「通るもなにも、当番も検屍の医者もこれだからよ」

「はあ、これですか」

「これだわな。医者などいつだって面倒臭そうに屍体の鳩尾《みぞおち》に掌《ひら》など宛《あて》がう振りをして、いかにも病死――とお診立《みた》てときたもんだ。そこへ穴の隠居が、汚れた屍体に触れなすったがゆえ、お手洗いでございますと医者の袂《たもと》に金を二分ばかり抛り込んでやる慣わしさ。医者は屍体が出るのを心待ちだぜ」

やれやれと次二が口をすぼめると、男はさらに続けた。

「どうしたことか、あんなぼろぼろな屍体でもあきらかに鼠《ねずみ》に齧《かじ》られて欠け損じているってえと五月蠅えんだ。奉行所絡みかなあ。あいつら腸を喰いたがるし、鼻とか耳とか出っ張ったとこを齧りたがるじゃねえか。だからよ、平に寝ずの番をさせるわけだ。平共は寝ずの番をすると握り飯一個貰《もら》える為来りで、握り飯一個で寝ずの番の奪い合いよ。これがほんとの鼠の番てか」

冴えない駄洒落《だじゃれ》に次二は萎《しぼ》みがちな笑い声をあげた。さらに男は、月頭に支給されたときに返してくれればよいからと、なぜか塵紙《ちりがみ》を貸してくれた。塵紙は月初に一人百枚支給されるそうだ。百枚とは気前がよいと思いはしたが、尻も拭かねばならぬし、厠の掃除などさせられたら百枚などすぐになくなるという。ともあれ、これはいま必要なものなのだろうと判じて次二は叮嚀《ていねい》に礼を言った。

皆が期待に充ちた眼差しでそわそわしはじめた。あらためて牢名主の決裁を得た二番役が、詰の本番——と怒鳴る。間髪を容《い》れず詰の本番が、オウと吠え声をあげる。二番役の口角がくいと持ちあがる。座を作りやがれと凄い笑みで平囚人に命じた。座作りとは私刑の場のために座を拡《ひろ》げることで、厠近くの奥まったあたりの囚人が一斉に移動した。二番役が詰の本番に目配せした。とたんに皆が、新入りに御馳走《ごちそう》だ——と囁き交わして、ざわついたが、詰の本番が向通と称する平囚人の居場所に視線を投げ、なかの一人に手伝いを命じると、とたんに鎮まった。手伝いの平はいかにも底意地が悪げで、いそいそと椀《わん》をとって厠に向かい、皆が前屈みになって固唾《かたず》を呑んで見守っていると勿体付けて御膳立て整いましたと報告する。おう、然《しか》らば——と詰の本番が岡引を牢内のいちばん奥の向かって左、厠がある落間《おちま》に引きずり入れた。そこには黄土から鈍色《どんじき》褐色まで新旧入り交じった汚物が椀に山盛りで置かれ、杉の小箸が添えられて御膳の用意ができあがっていた。

強烈な臭気である。隣の男に倣《なら》って次二も即座に借りた塵紙で鼻を押さえた。皆、眉間に皺寄せて塵紙を用いていた。寝た子を起こすではないが、いちいち厠の底の底まで引っ掻きまわしたのだろう、臭気が鼻を刺し、目に沁みるのだ。肥溜《こえだ》めは屋外にあれば良くも悪くも熟成した臭いがするものだが、気の澱《よど》んだこの閉ざされた場においては、いかにも生めいた棘々《とげとげ》しく悪辣《あくらつ》な臭気である。どうやらこの御馳走のために放りだしたばかりの新鮮な物と腐敗酸敗が進んだ物を混ぜ合わせたようだ。瞬きすると、ぢんときて涙がにじんだ。けれど次二は胸中で呟いていた。――糞尿垢汗血とはいえ所詮は生きている者が放った臭い。どうということもない。

強がりでもなんでもなく、本音だった。けれど椀の御馳走を追ってきた金蠅《きんばえ》が無数に群がり放埒《ほうらつ》な楕円を描いて飛びまわりはじめ、目を凝らさなくとも椀の中身に無数の蛆《うじ》が蠢いているのがわかってきたころから、次二の脳裏に思い出したくもないあの地獄の絵柄が泛びあがってきた。

蛆は椀の外に這いだしてくるものもあり、床に落ちると岡引の周囲を不作法に伸縮しつつ這いまわる。その黄みがかった白い姿は、そのまま無数に折り重なるあれに蛆蠅《いい》がまとわりついていたのを聯想《れんそう》させ、消し去りたい来し方を突きつけられた次二は痙攣《けいれん》気味の胃の腑のあたりを押さえる。

次二は娑婆にあっても長屋の厠――総後架《そうこうか》の奥底を覗《のぞ》くのさえ嫌悪していたのである。蠅は当然のこととして、なによりも蛆の蠢く姿、あるいはその成れの果ての茶褐色の蛹《さなぎ》さえ厭《いと》わしく、常に顔を上げて用足ししていたのである。幸いというのもおかしいが牢内の厠は一段引っ込んだところにあって、ほとんど闇の奥であり、排泄物の行く末がまともに見えぬことに心密《こころひそ》かに安堵していたのだ。ところが、まさか、わざわざこのようなことをするとは。

それでも弱みを悟られてはまずいと肚を決め、皆にあわせて顛末《てんまつ》を見つめる。さすがに岡引が後退《あとじさ》った。勘弁、勘弁、御堪忍——と頭の上で両手を合わせて泣きながら身を顫《ふる》わせ、よじる。それを手伝いが強引に床にねじ伏せる。詰の本番が岡引の着衣を剝ぎとった。褌も取って丸裸にし、その褌を襷代《たすきが》わりにして背で結ぶ。詰の本番は褌襷を馬具のごとく両手で矻と摑《つか》み、頃合いをみて岡引の膝を背後から蹴って折って座らせて、わずかに仰向けの体勢をとらせた。あらためて、ほんとうにやるのか——と次二は鼻を押さえながら呆気《あっけ》にとられていた。詰の助番がキメ板をもってさりげなく岡引の背後に立った。詰の本番が臭気に耐えかねて鼻を袖で覆ってくぐもった鼻声で急《せ》きたてる。

「これ、神妙に戴け。遠慮無用、遠慮するとお代わり申しつけるぞ。それ、早く戴け」

あまりの臭気に手伝いは目を屢叩《しばたた》きながらも無理遣り岡引の右手に杉箸、左手に椀を持たせる。もちろん手伝いは岡引の両手をきつく摑んでいる。岡引は声もあげずに両の眼《まなこ》からぽろぽろ涙をこぼしつつ、手伝いが強引に添えて動かした手にて浄瑠璃の操り人形じみた所作で我知らず否応《いやおう》なしに一口頰張らされた。

瞬間、手筈《てはず》の巧みさに次二は目を見ひらいてしまった。というのも岡引が口にしたとたん、抜群の間合いで詰の助番がキメ板を用いたのだ。背後から褌の襷で引っ張られてやや仰向けの体勢を取らされていた岡引は、背の腰に近いあたりに絶妙に加えられた衝撃で吞み込んでしまったのである。隣の男が次二の様子を窺いながら囁いてきた。

「いやな、そのな、背中のあのあたりに一撃くわされると咽《のど》が開くってえんだが」

そんなものか、と次二は呆れ続けていた。男が言ったように一口ごとにキメ板が爆《は》ぜた音をたて、椀の中身が減っていく。塊だけでなく、椀に残った箸に摘まめぬ腐り果てたどろりとしたものは唇をつけさせられて直接、飲まされていく。

岡引の口のまわりを蛆が這いまわり、金蝿が群がって、嘲《あざけ》るように飛んだり止まったり、なんともせわしない。誰もが固唾を呑んで見守っているせいで、妙に張り詰めた静寂が支配している。しかも静かなくせに、言い様のない昂《たか》ぶりの熱気が横溢して、それはあたりに拡がって際限のない悪臭を覆い尽くすほどでもあった。

かろうじて射し込む光を撥ねかえして金緑に光る蠅を凝視しているうちに、いよいよ心穏やかならぬ怒りとも嘆きともつかぬものが次二に湧きあがってきた。鼻を押さえている塵紙に厭な汗がじっとりしみこんでいた。己にこの仕儀をあれこれする資格など欠片もないという自覚はあれど、次二は胸中で吐き棄《す》てていた。

どこに行こうが、いや、どこに行っても、人の世は餓鬼道にして畜生道であり、地獄道だ――。

思い出したくもない諸々が否応なしに鮮やかに泛んでしまい、とりわけ口にしたときは臭いこそなかったが変色した糞にそっくりなあれの姿と味が蘇《よみがえ》ってしまって、昨夜から具合の悪かった胃の腑がますます捻《ねじ》れるように痛んで嘔吐しそうになった。それでもここで取り乱しでもすれば、次は己が椀に山盛りを喰わされかねぬと表情を消し、泣きながら一椀食い切った岡引を無言で見つめていた。

　ここで終わるのかと思っていたが、詰の本番がお代わり、と大声を上げた。そこに張番が騒ぎを聞きつけて上役の命で駆けつけてきた。格子越しにも行われていることはあきらかなのだが、牢法に背《そむ》きましたがゆえ仕置致しております——と牢内から口調だけは慇懃《いんぎん》な一声があがると、張番は臭気に顔を顰《しか》めながらも、牢法に背くとは不埒《ふらち》な奴、厳しく仕置しろと言い棄て、さらに手鎖《てじょう》は要るかと鼻を抓《つま》んで迎合してきた。幾許《いくばく》かの銭で買われているのがありありとわかる姿であった。

　御馳走は三椀まで振る舞う定めであるという。もっとも普段ならば隅の隠居がそっと歩み寄って、御客も充分の様子なればお代わりはやめてやれ——と執り成すそうだ。けれど声もあげずに悲しげに苦しげに涙を流すこの岡引の姿は、皆の加虐の心を擽《くすぐ》るところがある。次二の辟易をよそに岡引は山盛り三杯喰わされて、放心しつつも褌襷で背後から操られ、声が小さいとキメ板でところ構わず打擲され、糞まみれの上に血まみれになって牢名主をはじめ牢内役人一同に御馳走様でしたと礼を言ってまわらされた。

　以降、この岡引はことあるごとに濡れ雑巾を宛がって簡単に肌が裂けぬよう処置された内股をキメ板の角で丹念という言葉が似合う執着をもって殴打され、次二もいまだかつて目《ま》の当たりにしたことがない見るも無惨な腫れあがりかたをした黒痣《あざ》を拵《こしら》えられていた。いよいよ弱ってくると四つに這わせて詰の本番が背後から陰嚢《ふぐり》を蹴り破って殺すという。けれどこの岡引はそれをされる前に全身に癰疽《ようそ》ができ、髪や体毛をはらはらと抜け落ちさせたあげく、常態よりも二回りほども膨らんで黄緑の膿をあちこちから迸《ほとばし》らせてあっさり絶息してしまった。新旧硬軟取り混ぜた下肥を御馳走されたせいである。なお真新しいものだけを御馳走された場合は、腫れ物などはできぬらしい。

それを得意げに聞かされた次二は、牢内のあれこれに馴れてきたこともあり、また牢役共に対して巧みに振る舞ったことにより、さしあたり己が身に危難が降りかかることもないと確信できたこともあって、受け答えをしながらごく自然に欠伸《あくび》など洩らしていた。

次二自身気付いていないのだが、あの地獄を遣り過ごして生き抜いたときと同様に、岡引が御馳走された日より、大牢という世の愚劣がどろりと煮詰められ凝縮したかのような場に対してある見切りをつけてしまったといっていい。

どこに行っても、人の世は餓鬼道にして畜生道であり、地獄道だ——という思いはまさに本音であった。だが、それを意識せずに抑えこんで涼しい顔をしていた。機に臨み変に応ずることが巧みな次二は、あの地獄のさなかにあったときと同様、たとえ膿で膨らんだ岡引の屍体を見ても己がなにも感じぬように心を操ることができるようになっていたのである。

結果、若年にもかかわらず、その肚の据わった気配によって周囲から一目置かれるようにさえなっていた。それに加えて裡に抱えた暗闇の反転したものであろうか、ふしぎな稚気があった。とりわけ期せずして泛ぶ幼ささえ滲む裏のない笑顔に皆打たれ、これがよいほうに働いた。

次二は入牢の数日後から牢名主と言葉を交わすようになり、妙に馬が合うとでもいおうか、かわいげのある奴と穴の御客のままあれこれ相伴にあずかるようになり、いまやすっかり肩から力が抜けていたのだった。

幼いころから次二は目上の者に取りいるのに敏《さと》く巧みで、周囲がはらはらするほどに平然と軽口を叩く一方で、相手の触れてはならぬ部分には一切立ち入らず、それどころか劣等の心を埋めてやるような言辞をさりげなく口にするのが上手だった。それをされている当人は、なにがどのように気分好《よ》いのかよくわからぬまま、次二と言葉を交わすのを愉《たの》しみにするようになる。牢名主も極悪なだけに逆に次二の手管《てくだ》に陥落していた。

「ところで次公よ」

「へい」

「おめえの訛《なま》り、上州訛りじゃあんめえ」

「お見通しですか」

「あたぼうよ」

牢名主は別段、咎めるつもりで指摘したわけではない。けれど次二は、いつもと違う真剣味のこもった真顔で雲の上ならぬ畳の上の牢名主を聢と見あげる。

「語るほどの身の上もございません。塵芥《ちりあくた》にも劣る蛆虫でごぜえます。勿体付けるわけではございませんが、そして、てめえで吐かすのもなんですが、遥か北の北から堪え難き思いを重ねてどうにかこうにか江戸に流れついたということで——」

牢名主も次二の目つき顔つきと微妙に卑下がにじむ言葉から、曰く言い難いなにものかがあることを悟って、追い込まぬよう気配りする。

「ふん。江戸は長くねえだろう。うまいこと舌がまわるようになったもんだな。けどよ、喰わされねえよ」

次二は目顔で礼と親愛をあらわしつつ、牢名主の言葉を受ける。

「さすが御頭。お察しのとおり俄《にわか》仕込みでございます。ところで、あたぼうってえのをよく聞きますが、どんな棒ですか」

「莫迦野郎。棒ときやがったぜ。物を知らねえにもほどがある。いいか。後々恥をかかねえためにも耳の穴かっぽじってようく聞きやがれ。あたりめえだ、べらぼうめ——を約《つづ》めたもんだよ」

次二はあえて膨れっ面をして上目遣いだ。なんでえ、気色ばんだか——と牢名主は余裕の笑みを泛べてどこか嬉《うれ》しそうに見おろす。妙に優しい牢名主に、他の牢役共は悟られぬようさりげなく顔を見合わせる始末だ。その牢役共も次公次公と声がけして、話し相手にして己の無聊《ぶりよう》を慰める。

大多数の平に対する途轍もない仕置きが幅をきかせる一方で、ごく少数の牢役共は、今日は竈河岸《へっついがし》は喜右衛門《きえもん》んとこの毛抜鮓《けぬきすし》にするか——などと八ッ茶の受けに、いちいち毛抜きを使って叮嚀に魚の骨を抜いた高額な鮓など、お当番と怒鳴りつけて張番を呼び寄せ、伝言させて牢内同心に買いに走らせ、さらに酒莨《さけたばこ》は言うに及ばず、法度の小刀や賽《さい》、骨牌札《かるたふだ》まで手に入れて博奕三昧である。なにせ牢内同心に頼めばなんでも手に入るのだ。それどころか頼みもしないのに金子ほしさに牢内同心があれこれ持ち込む始末である。ちなみに鮓十個で一両というとんでもない価だが、当然差額と賄賂が同心の懐に入るわけだ。

牢役共は次二の気を惹《ひ》くためにこうして手に入れた茶菓やら鮓やらなにやらを餌に傍らに呼びたがる。あるいは、おめえも嫌いじゃねえなあ——などと揶揄《やゆ》されつつ慰みに賽子《さいころ》を転がしたりもしている。

次二にしてみれば、いまや相手の持っている権力の度合いを慮《おもんぱか》りつつ牢役すべての相手を手抜かりなくこなすことに加え、平四人の嫉妬にまで気配りせねばならぬほどになっていた。それらは遺漏なく巧みにこなすことができていた。ただし次二はあれこれ当意即妙の遣り取りはするものの、いつだって身許に関してはうまくはぐらかす。身の上話は一切しない。

だが、牢内にあるまじき贅沢《ぜいたく》な物を口にしたり相手が気を許しているのに乗じて平然と欠伸などしていられたのは秋の気配が深まってきたころまでだった。吟味が始まったのである。

無実を争う次二である。下吟味以下、頑《かたく》なに自白を拒んできた。ゆえに口書《くちがき》に爪印するわけもなく、町奉行所下調べは当然のこととして、白洲《しらす》にての自白服罪を撥ねのけて取調べはかたちのみに終わり、けれど屍体の情況その他、そしてその日の次二の行状等々傍証は固まったということにされてふたたび牢屋敷にもどされた。

牢屋敷に下げられた次二を待ち構えているのは、牢内の穿鑿所《せんさくじょ》における責問である。すなわち縛敲《しばりたたき》と称する笞打《むちうち》、十露盤責《そろばんぜめ》と称される石抱《いしだき》、さらに海老責《えびぜめ》までもが責問――俗にいう牢問に含まれるが、穿鑿所で行われるのは笞打と石抱までで、海老責は拷問蔵で行われる。これらはあくまでも責問であり拷問ではない。拷問と特称されるのは釣責《つるしぜめ》のみである。じつは寛保三年の改めによって海老責、釣責が禁じられた。けれどこれは表向きにすぎず、公然と行われ続けていた。

その日は空が低く、日がな一日、秋の虫がころころりんりん寂しげに鳴いていた。次二は再牢なので白衣ではなく薄浅葱《うすあさぎ》の着流しに手鎖で穿鑿所に連れていかれた。いよいよ来るものが来た。己でも血の気が失せていると感じ、下肚に気合いを込めなおした。

吟味方与力が尋問の宣告をし、さらに続ける。

「兼々《かねがね》奉行より再応の説諭ありしも用いず、証拠現然たるに身分柄と似合わぬ心得にて公儀を恐れずして申陳《もうしちん》じある故、拷問すべしとの命を受け、今日役々出張せしなり」

吟味方与力の能書きは続いているが、次二は胸の裡で、穿鑿のはずなのに拷問と吐かしてやがるじゃねえか――と吐き棄てた。

「先非を悔い、有り体に白状服罪すべし。責問の吟味を受けるとは嘆かわしき次第なり」

そこで言葉を呑んだ吟味方与力が次二を見据える。自白せよということである。次二は短く息をつく。

「嵌められました。濡れ衣でさあ」

大牢に抛り込まれて牢名主に言ったのと同じことを口にする。さらに言葉を継ごうとした瞬間、吟味方与力が叱責した。

「いよいよこれまでなり」

聞く耳もたぬといった調子で無実を訴える次二から視線を外し、立ち会いの役人共に形式だけの問いかけをした。

「もはや是非無し。拷問すべきや」

一同、即座に同意し、打役同心二名が次二を両側から押さえつけて縁側下のやたらと目の粗い筵敷《むしろじ》きに引きおろした。敲きをまかされた打役が真顔の奥の笑みのようなものを隠しきれぬまま次二の手鎖を外して諸肌脱がせた。牢屋下男に手伝わせ、太縄で後ろ手に縛った左右の手を肩に届くあたりにまで強引に引っ張りあげて緊縛し、その縄先をそれぞれ前と後ろにやった。一寸五分ほどもの太さの苧縄《おなわ》がぎりりと肉に喰い込んだ。意地でも面付《つらつ》きを変えてなるものかと構えていたこともあり、次二は奥歯を嚙みしめて無表情を保ちはしたが、これだけでも充分に拷問じゃねえか——と胸中で呟くほどの痛みである。委細かまわず二人の下男が前後から縄を引っ張る。打擲の衝撃で次二が倒れぬようにするためである。

打役が次二の背後で咳払いした。真竹を裂いて麻苧《あさお》で包み、観世捻《かんぜよ》りで巻き上げ、白韋《しろなめしがわ》にて握りを拵えた長さ一尺九寸、周囲三寸の拷問杖と称される笞を構え、我知らず舌先で唇を舐めた。上体を大きく反り返らせる。

次二の肩が爆ぜた。怺えきれず頰を歪めてしまったことを恥じて、二発目からは表情を消した。殺めてしまっては身も蓋もないから打役は巧みに背骨を外す。三十ほど打たれると、腫れあがった皮膚の下の肉が潰れた心太《ところてん》のごとくぶよぶよとなり、青黒く変色して三回りほども腫れあがった肩が血を噴いた。即座に下男が砂を疵口《きずぐち》に振りかけ、こすりつけて血止めする。血を止めているのか疵を拡げているのかといったところだが、次二は唇を固く結んで半眼にて耐える。ふたたび打役が笞を振りあげた。やがて次二は血と肉では頬にぶち当たる気配に違いがあることを他人事のように感じとった。

　自白が得られぬまま、久々に打擲が百を超えた。打役は次二の様子を見やり、ふむ、と思案げに乱れた息を整える。あたりを汚した血は表面が乾きはじめて無数の細かな皺が寄って盛りあがり、所々に肉片がめり込むように散っていた。血に皺が寄るのは笞が空を切るときに起きる風のせいだ。

　笞打は牢問の初っ端にして在り来たりの手段だが、女二打ち、男十打ちといって、その苦痛に大概の者がたいしてたたぬうちに泣き叫ぶのである。なかには南無阿弥陀仏《なむあみだぶつ》と唱える者もある。打役その他を烈しく罵倒する者もある。強がりでも泣き声でも悪罵でも念仏でも声をあげる者は必ず白状する。打役は口を噤《つぐ》み続ける次二を見下ろし、胸中にて呟いた。――若年なれど剛胆非凡なり。

　笞打は百五十で止めることとなっていた。絶命しかねぬからだ。打役は次二の様子を窺い、腕組みして眉間に縦皺を刻んだ吟味方与力に目で訊《き》いた。吟味方与力は顎を突き出した悩ましげな顔つきで次二の呼吸の様子を凝視し、結局は牢屋医者に諮《はか》り、ぎこちなく頷いたので、死しても我の責でなし――と久々に十多く敲いて笞打を終えた。

　吟味方与力は医者が次二に膏薬《こうやく》を貼り付けるのを上目遣いで見つめ、やがて視線をはずした。身体恢復《かいふく》を待ち、ふたたび笞打にかけるのが通例だが、手当のさなか、次二は筵の上に散った己の血肉を一瞥して幽かな薄笑いを泛べたのである。笞打、甲斐なし

──と吟味方与力は独りごちた。ここが思案のしどころである。

牢問はかまわない。笞打および石抱は拷問のうちにはいらず、白状させるための当然の調べとされているからだ。実際に罪を犯したかどうかなど問題ではない。白状させさえすれば、それにて一件落着である。だからといって常々拷問によって結果を出すというのは粋ではないと嘲られる。罪人を言葉巧みに誘導して血腥《ちなまぐさ》いあれこれを避けることこそ吟味役の手柄である。定めにより、自白なくして処罰なし。つまり、どのような手段を用いても自白さえさせれば処刑できるのだが、拷問蔵での海老責まで行ってしまうと吟味下手とされる。まして釣責は吟味下手以下、保身のためにもなんとしても行いたくない手段であった。

けれど次二のような男はいかに宥めようとも賺《すか》そうとも、そして脅そうとも痛めつけようとも効なしであることが長年の経験から悟られて、吟味方与力は両手で己の頬を挟みこみ、深い溜息をついた。

けれど自白させなければならない。濡れ衣であるかないかなど、どうでもよいことだ。牢屋敷に送り込んだのであるから是が非でも自白を強制しなければならぬ。吟味方与力は己が面目を立てるために責めを行っていることを自覚していた。自白させれば、手柄である。自白させること、すなわち役目を全うすることだ。構無《かまいな》き旨──無罪申し渡すことだけは避けたい。

そこで二度目の笞打は端折《はしよ》り、さらに石抱にかけるのに、あえてあいだをおくことにした。過剰な笞打の疵が治るのを待つこともあるが、つぎの牢問がいつくるか、いつくるかと身を竦めるように待たせることのほうが囚人の気持ちを萎えさせることを熟知しているからである。その間、いつもより丹念に吟味詰りの口書――自白証文とでもいうべきものを拵えた。次二が白状する前に書きあげてしまうのもどうかといったところだが、これに爪印を捺させれば一件落着である。指先を汚した墨を一瞥し、そう簡単にいくかと吟味方与力は苦笑を泛べて両手で己の頰を挟みこんだ。すぐに笑いは消えて、苦いものだけが残った。頰を汚した墨に気付いた小者から怪訝《けげん》そうな眼差しを注がれた。

牢内で次二は大切に扱われていた。責問を受けた者に牢名主が白状したかどうかを問うのは決まり事のようなものであるが、白状した者はいかなる疵を負っていようとも放置され、白状しなかった者は口中に梅干しなど含ませて皆で軀を揉《も》むなどして介抱する。

次二は畳一枚を与えられ、手厚く看護されて折々に滋養のつくものを口にすることができた。笞打にて裂かれた疵からは当初、骨も覗いていたが、肉も盛りあがって蚯蚓腫《みみずば》れのような引き攣《つ》れたものではあるが淡い桃色の薄皮が張りはじめていた。疵の様子を確かめた牢名主は、強情なおめえは再度の笞打ではなく、石抱だろう――と次二に聞こえぬように痛ましげに呟いた。

次二が石抱にかけられたのは牢屋敷の日蔭の地面の霜がすっかり盛りあがってきた十

一月の下旬であった。穿鑿所で次二は唇を窄《すぼ》めて細く長く息を吐いて、その白く棚引く様を目で追って稚気あふれる笑いを泛べていた。それに気付いた吟味方与力は責める前から無力を覚え、己の頬を両手できつく挟みこんで息をついた。ならば十枚抱かせてやろう——と胸の裡で呟く。

十露盤板と称される三角に尖らせた木を五本並べたものを下男たちが俗に泣柱といわれる疵受柱の前に据える。次二は尻端折りされてその上に座らされた。自身の重みだけで臑《すね》に三角の頂点が喰い込み、骨が痛んだ。参ったな——と次二は唇をきつく結ぶ。笞打のときとおなじ太縄が両肩にまわされて後ろ手に縛りつけられた。その縄はさらに疵受柱に巻きつけられてぎしぎし音をたてて固定され、次二は身動きできなくなった。

下男たちが腰をかばいながら長さ三尺、幅一尺、厚さ三寸の重々しい青灰の伊豆石を運び込んできた。次二も石垣などで見慣れている斑晶の散ったものだ。これ見よがしに十段積みあげられた。畏まって座らされている次二の頭を越える高さだ。あえてその石を前に笞打のときと同様の形式張った遣り取りがあり、責問の吟味を受けるとは嘆かわしき次第なり——と吟味方与力が次二を見据える。今日こそ無実の罪を晴らそうと身を乗り出して口を開こうとした次二を手で制し、あえて間をつくって吟味方与力がぽつりと言う。

「この石一つ、目方十三貫なり」

次二の片眉があがる。俺の目方よりも重いじゃねえか——。

「石抱初日はおおよそ五枚であるが、強情を張るならば十枚抱かせようと思い巡らせておる」

白状せねば、一枚でも自分の体重よりも重い石を、十枚のせてやるというのである。その重みが膕にのみかかることを思うと、さすがに次二の腕に鳥肌が立った。吟味方与力はそれを見逃さなかった。どうだ、と小首をかしげて目で問う。白状するか、と優しげに眼差しで訊く。

次二の口が半開きになった。なにやら抜け落ちたがごとくである。石の重さを聞かされて狼狽え、濡れ衣であると必死で釈明しようとして、気付いてしまったのである。実際に殺しているならば幾らでもそれを陳《の》べることができる。殺しに至った前後、愛憎やら慾《よく》やら。その日の空模様、屍体の様子——。流れた血の有様や己の気の昂ぶり、やってしまっているならば問われるがままに詳細に告げることができる。

だが、やっていないことを語ることはできぬ。語りようがない。やってしまったことの証拠は幾らでも転がっているが、やっていないことの証拠はどこにもない。無実とは証することのできぬ事柄に属するのだ。次二にできることといえば、吟味方与力に迎合して虚妄を捻《ひね》りだすことだけだ。その嘘《うそ》も、たいして難しいことではない。それどころか筋書きは吟味方与力がつくりあげているのだから、やりました——とだけ言えばすむことだ。茶番とはよく言ったものだ。次二は腹の底からの侮蔑の笑みを泛べた。

「どういうことでございましょう、この理不尽。してもいないことは証しの立てようがないことにかこつけて、遣りたい放題し放題。天下の御政道とやらは見苦しく、なんとも如何《いかが》わしいものでございます」

次二に睨み据えられて吟味方与力はあきらかに怯《ひる》んだ。それを周囲に悟られてしまい、周章《しゅうしょう》気味の大声で命じた。

「ええい、抱かせろ。石を抱かせろ」

下男共が石の左右を摑み、持ちあげ、上目遣いで吟味方与力を一瞥する。吟味方与力が憎々しげに、横柄に顎をしゃくった。下男たちは視線をそらして次二の膝の上に一枚、置いた。ぎりりと臑が鳴った。薄皮一枚隔てた臑の骨に尖りがめり込む。笞打とはまったく違う、鋭いが粘りのある持続する痛みだ。一瞬、眉根を寄せた次二だが、痛みにもいろいろあるものだと胸中にて独りごち、それきり平静な顔つきとなった。

二枚。三枚。四枚。五枚。そこで積み重なった石は次二の顎にまで届いた。石が崩れ落ちぬよう下男が縄で左右を巻きあげ、きつく縛りつける。次二の貌《かお》はまだまだ半眼にて平静なものであったが軀から盛んに湯気があがりはじめ、だらりと大量の鼻水を垂らし、口から烈《はげ》しく泡を吐きはじめた。苦痛がある域を超えると、皆こうなるのであるが、その目安が五枚であった。

即座に作法に則って五枚目の石の上に藁《わら》が敷かれた。鼻水や泡は藁に沁みていく。大概の者は気絶するところだが、吟味方与力が問いかければ、次二はかっと目を見開き、泡を吹きとばしてから落ち着き払った声で受け答えをする。

濡れ衣でございます――。

七枚目で血を吐いた。十枚目で総身がくすんだ蒼色《あおいろ》に変じた。もちろん座した次二よりも高く石が積まれているから吟味方与力は脇から覗き込むようにして様子をさぐる。するとと次二はぎこちなく首をねじまげ、吟味方与力を見かえす。

濡れ衣でございます――。

「ええい、揺すれ、揺すれ」

金切り声をあげる吟味方与力から顔を背けて下男たちが左右より全力を込めて石を揺する。さあ、どうだ、どうだ――と己を叱咤《しった》するがごとく声を張りあげ、責める。午過《ひるす》ぎより石を抱かせたが、そろそろ夕陽の射す刻限である。七枚、十枚と重ねられて苦痛の極みに達すると大概が寝入ったかのような鼾に似た乱れ放題の大音声の息をつき、恍《こう》惚《こつ》に似た笑みのこびりついた貌となる。苦痛が極限に達して意識を喪《うしな》い、夢幻を漂いはじめるのだ。そこまでいってしまえば責めは無意味となるが、次二はまだまだ気は慥か、腰の引けた吟味方与力に掠《かす》れ声で言うのである。

濡れ衣でございます――。

いつもは口をださぬ牢屋医者が眉を顰《ひそ》めて吟味方与力に、そろそろ——とだけ言った。とたんに吟味方与力は我に返ったかの顔つきで石を下ろすように命じた。次二が絶息してしまえば、越度《おちど》である。具合が悪い。

石が下ろされた。本来ならば釣台に乗せて牢にもどすところだが、臑の骨が砕け散っていることを診てとった医者は、この場から動かせば絶命致しますと吟味方与力を咎《とが》めるかのように呟いた。次二は横たえられ、手早く止血を処置され、人蔘《にんじん》の気付薬を冷水で流し込まれた。

次二は目を見開くと大きく息をついた。穿鑿所に連れてこられたときと同様、白い息を目で追う。息はすっかり弱々しく不規則になってしまい、肌は全身青紫に変じてしまっている。苦痛に汗みどろで顔を歪めはするが、至って平静である。

この場にあるすべての者がほぼ同時にひしゃげ潰れて裂け、あらぬ方を向いている次二の膝から下を一瞥し、なかには折れて床や畳の上に落ちた幾つかの小骨片を見いだす者もあり、なんとも気丈な——と顔を背けつつも感歎《かんたん》した。程合いを忘れた吟味方与力に対する憤りがにじみそうになった溜息を呑みこんで、医者が手当を続けた。

動かせぬとなれば、ここは鍵役らにまかせて奉行所絡みの出役人の面々は引き払うことになる。退出の支度をしながらも、後味の悪さを糊塗《こと》するかのように、ひそひそ声の無駄話がはじまった。監察立会の徒目付《かちめつけ》が腕組みしたまま小声で言った。

「無宿次二か。おそらくは走り者であろう。言葉に陸奥《みちのく》の訛りがある」

徒目付は書役《かきやく》の幼馴染みであった。それもあって緊張から解かれた書役が案外大きな声で返す。

「ふむ。器用に江戸弁を喋《しゃべ》りはするが、陸奥か」

間違いないと徒目付が頷く。中空を睨むかの思案顔で書役が続ける。

「陸奥といえばな」

「どうした」

「うむ。昨年は江戸においても米など不足致して不自由致したが、なんでも陸奥の饑饉《ききん》の惨状は言語に絶すとのことで、しかも津軽藩などな――」

「津軽藩がどうか致したか」

「それがな、米価高騰に舞いあがり、百姓共に饑饉の折のお救《たす》け小屋に上納させていた貯米までをも藩財政を好転させる好機として江戸、大坂へ――」

「売り払ったか」

「売り払った。民百姓の最後の食い扶持《ぶち》まですべて、売り払った。四十万俵だ。結果、八万千七百二人が飢渇《けかつ》にて死した」

「八万千七百――。御主、細かい数までよくも覚えているものだ」

「でなければ書役などつとまらぬわ」

「ふむ。しかし凄《すさ》まじい数だのう」

「悍しいことだが、藩の三分の一が死した勘定になるか。米沢藩のように常日頃からの備えにて餓死者を一名もださぬ藩もあった一方で、この為体《ていたらく》」

書役は溜息交じりに首を左右に振った。

「過日知ったのだが、参勤交代で江戸にあった津軽藩主信寧《のぶやす》公、殿中 柳間《やなぎのま》にて佐竹壱岐守《さたけいきのかみ》殿からようやく津軽荒廃を聞き及び、途方に暮れたあげく、もはや藩土返上を——と」

いまひとつ言っていることが摑めず、徒目付は怪訝そうに問う。

「どうしたことか。国の三分の一が死したというのに国許より惨状が伝わっていなかったのか」

「うむ。藩内の米すべてを売り払い、みすみす饑饉に陥らせてしまった失政を咎められぬよう家老以下側用人、頰被《ほおかぶ》り。すなわち藩主には秘されていたとのこと」

「わからぬ。どうにも、わからぬ。それで露見せぬとでも思っていたのか。それとも、あまりのことに狼狽えたか」

「やはり保身であろう」

遣り取りを次二は瞬きせずに聞いていた。口を半開きで茫然《ぼうぜん》自失の態《てい》であるが、その目の奥になにやら怒りに似たものが揺らめいている。どう見ても責めに痛めつけられた者の眼差しではない。そんな次二の様子をいつもの癖で頰を両手で挟んですこし引いたところで見やっていた吟味方与力が抑揚を欠いた声で、此奴、一向に応えておらぬ——と、独白するように呟いた。

この与力、役儀に熱心ではあるが心と頭が少々欠けているので、次二がなにに怒りを覚えているのか思い至らないのである。唐突に声を張りあげる。燭台《しょくだい》をだし、軒下に提灯《ちょうちん》を吊るように命じる。終わったと思って各々に与えられている箱火鉢に手などかざしていた一同はぎょっとしたが、小人目付《こびとめつけ》のぎこちない咳払《せきばら》いとともに、石抱が再開されることとなった。

折れ潰れた臑にふたたび石をのせられればどれほどの苦痛か。もはや責めの昂ぶりなど失せた下男が吟味方与力を一切見ぬようにして命じられるがままに硬い表情で石を抱かせていく。

どうだ、吐くか。どうだ、吐くか。憑《つ》かれたように吟味方与力が連呼する。ぜいぜいぜいと鼾に似た息をつきつつも、次二は七枚目の石に顔を反らせて精一杯突きだした顎をのせて消え入るような、けれど明らかに揶揄する声で問いかけた。

「楽しゅうございますか」

「楽しい——」

「こんなことをして、楽しいのでございますか」

白目から出血して真っ赤に染まった目で、返答に窮した吟味方与力を見つめる。

「ならば白状致しましょう」

とたんに弾かれたように筆を手にした書役の背筋が伸びる。

「人を殺したことはございません。が――」

「が――」

「が、人を喰ったことならば、ございます」

「人を、喰った――」

「親を喰い、幼き妹を喰いました」

次二は、繰り返す。

「死した親を喰い、幼き妹を喰いました」

がくりと首を折った。

＊

牢獄の正月三箇日は無礼講である。といって酒肴《しゆこう》や御節振舞《おせちぶるまい》があるわけでもなく、飯はいつもどおりの腐れた玄米である。ただ、いつもはほぼ沈黙を強いられている平四人であっても声をあげ放題、喋り放題といった程度の無礼講である。だが天明六年元日の伝馬町大牢は静まりかえっていた。

石抱で責め尽くされた次二の命が消えかかっているのが誰の目から見てもあきらかであった。その両足はすっかり縮んで乾ききった褐色と化し、もはや膝下からいつぽろりと落ちてもおかしくない有様であった。開きっぱなしの口から覗く歯は茶渋で染めあげたかのようで、鼻梁《びりょう》ばかりが高々と、げっそり窶《やつ》れて落ちくぼんだ目だけが力なく動く。

「どうでえ、次公、按排《あんばい》は」

「へえ。御陰様で」

「血色がいいじゃあねえか。くたばらねえなあ、おめえは」

「御頭ほどではありませんて」

「莫迦野郎。こう見えても俺はひ弱だ」

「——咳《せ》き込んでたもんな」

「莫迦野郎。てめえ、他人《ひと》のことを心配してる場合か」

「莫迦莫迦言わんでくだせえよ」

挑む眼差しで牢名主を見やって、次二は細く長い息をついた。期せずして周囲の者たちはその消え入るような白い息を目で追った。魂が抜けだしていくがごとくであった。

牢名主以下、思わず顔を背けた。ところが案に相違して意外に明け透けな声で言う。

「正月早々、なに不景気な面《つら》しててんです」

「やかましい」

「なんで御頭が畳の上から降りてんですか」

「——正月だからだよ」

「どっか似てらあ」

「なにが」

「御頭はあっしの親父《おやじ》に似てます。あっしのことを事あるごとに莫迦、莫迦怒鳴りつけやがって。てめえの血を引いてるから莫迦なんじゃねえかってね」

そうか——と牢名主の唇は動いたが、声は発せられなかった。

「あっしは、そんな親父を」

「親不孝したか」

「へい」

次二はすっかり痩せ細った手をのばし、牢名主の手を摑んだ。その意外な力の強さに牢名主は、密かに怯んだ。次二は虚空を見つめて呟いた。

「喰いました」

「——なんの話だ」

「親父を、お袋を、かわいがってた妹を喰いました」

百人近い入牢者だが、咳きひとつ聞こえない。牢名主は次二の手を両手で包み込み、呟くように言った。

「旨《うま》かったか」

「それは、もう。米は当然、粟《あわ》も稗《ひえ》さえも育たねえんですからお手上げです。牛馬はおろか鹿猪犬猫鼠草木の根まで喰い尽くして飢え果てておりましたからね。あっしは――」

「どうした」

「いえね、あっしというのはどうも馴染みません。なかをとって俺ということで」

「どのなかをどうとれば俺になるんだよ」

　牢名主の返しに、次二が頬笑む。

「来し方を忘れようと、江戸の者になろうと必死でした」

「江戸の者か。まあまあだな」

　まあまあ、か――と次二は息をついた。

「親父が、俺が死んだら喰えって言うんですよ。で、喰いました。馬の肉の味は猿や鹿より旨く、人の肉は馬より旨いって村の者は言ってました」

「そうか。馬より旨えのか。ひとつ悧巧《りこう》になったぜ」

「――ぶちあけたところ、味はよくわかりませんでした」

「うん」

「お袋は供養だって狂ったように念仏を唱えながら、しっかり親父を喰い尽くしました。ところが、せっかく喰ったのに、あっさりくたばりやがって」

「喰いすぎたな」

「あ、そうか。そういうことか」

「莫迦野郎」

「また、莫迦って」

「莫迦に莫迦とは言えねえよ」

「うまいこと言って」

苦笑いのようなものを泛べつつ、次二は力を振り絞って牢名主のほうに首を曲げた。

「妹は、親父を、そしてお袋を喰わなかったんですよ。気持ちはわからんでもねえですけど、喰うにこしたことはねえ。そのまま抛っておけば腐りますからね。どんだけ腐った屍骸《しがい》を見たか。蛆に蠅、もうたくさんです。なによりも腐った屍骸の臭い。牢屋も臭えですけどね、くすんだ青緑に蕩《とろ》けた腐肉の臭いに比べれば、なんてこともねえですよ」

「――妹は、ずいぶん存《なが》えたのか」

「へえ。いちばん先に事切れるんじゃねえかって有様だったんですけど、糸みてえに細くなっても親父やお袋よりも存えました。ところが俺と二人だけになっちまったとたんに、すうっと息を引きとりました」

「切ねえなあ」

「へい。俺はちっちゃな妹の亡骸《なきがら》を抱えて泣きました。泣きましたとも。で、泣いたくせに喰いました。それも」

「それも」

「へい。それも、近在で流行《はや》ってる喰い方で喰いました」

「人喰いにも流行廃《はやりすた》りがあるのか」

「首から切り落として、面《つら》と頭の皮を剝ぎとります。で、火中にて燻《いぶ》り焼きまして、するってえと頭蓋の割れめが覗きます。そこに木篦《きべら》を挿しいれまして、脳味噌を引きずり出して――」

「豪勢なもんだな」

「へい。脳味噌ってやつはなかなか腐らねえんですよ。皆してまだ喰える頭があるかもしれんと墓を掘りかえしてました。で、皆が言うんです。脳味噌がいちばん滋養に富んでいると。でも、あれは、ただの脂身でした」

いったん息を継いで、続ける。

「岡引に御馳走したじゃありませんか。あの御馳走、古くなったせいか妙に白っぽいのがありやしたが、脳味噌にそっくりで、あんときは吐きそうになりました」

もはや牢名主も受けることができず、沈黙ばかりが拡がった。次二も心の奥底に隠しおいた闇を吐きだして、放心していた。胸中では村を離れるきっかけとなった悍しき光景が朧《おぼろ》に滲んでいた。ある家で塩漬けにされた大量の人肉を目の当たりにしたとき、そしてその家の目ばかりぎらつかせた餓鬼共と目が合ったとき、もうこの村にはいられねえ、と逃げ出したのだ。なにせ土間には脳味噌を喰い尽くした焼け焦げた生首が無数に転がっていたのである。まるで父母と妹を貪り喰った己を映す鏡のごときであった。もう、お仕舞いだと胸が軋み、胃の腑が縮みあがった。ここには、いられねえ――。

すでに右目と左目がてんでんばらばらの方を見つめている次二が、ぽつりと言った。

「まさに命からがら江戸に辿り着いたんですけど――」

牢名主が握った手に力を込めて促すと、戸惑いがちに黒目がもどった。

「最後の最後に辿り着いたのが花のお江戸は伝馬町の大牢でござい、と。洒落《しやれ》にもなりません」

次二と牢名主は見交わし、苦笑しあった。本役が俯き加減で水を沁ました手拭いをそっと牢名主に手渡す。末期の水である。牢名主はそれを絞って、渇ききった次二を潤してやる。嗚呼《ああ》――と次二は溜息をつき、あの稚気にとんだ笑みを泛べた。最後の力を振り絞って牢名主の手指に己の指を絡ませる。

「御頭は俺にとって閻魔《えんま》様みてえなもんでございます。閻魔様のほうが人よりずっと優しかった」

「──莫迦野郎」

次二は虚《うつ》ろな眼差しで、かろうじて返す。

「莫迦でした」

間遠《まどお》な息をしてはいるが、それきり次二は喋らなくなった。牢名主は首を左右に振り、ひたすら次二のざんばら髪を整えてやっていた。憑かれたように次二の頭を撫で続けた。ふと気付いた。

「──ずいぶんな蔭りようだ」

口にしてしまってから、慌てて次二を見やる。真っ昼間である。周囲がざわついた。陽の当たらぬ牢内だからこそ、日輪の具合には敏感だ。誰もが次二の命がつきる瞬間であると悟った。次二は牢名主の言葉に誘い込まれるようにかろうじて目だけ動かし、漠然と中空を仰いだ。

天明六年正月元日、日蝕皆既──。日蝕えつきて、未一刻にふたたびあらわれた太陽を次二がその目で見ることは、なかった。

あとがき

或る日、つれづれに斎藤月岑《さいとうげっしん》〈武江年表〉の巻之六を繙《ひもと》いていたところ『天明六年丙午《ひのえうま》十月閏　正月元日丙午にて午一刻より未《ひつじ》一刻迄《まで》日蝕皆既闇夜の如し』とあるのが目にとまりました。元日早々に皆既日蝕――。とたんにこの日蝕にすべてが収束する幾つかの作品の輪郭が泛《うか》びました。太陽が消え去って、つまり光が失せたという現実に対して物語の輪郭が泛ぶというのも奇妙なものですが、これがときおり小説執筆に訪れる魔法とでもいうべきものです。

天明といえば大饑饉《だいききん》、浅間山の大噴火といったあたりが脳裏にありましたが、それらを経て天明六年元日の皆既日蝕に終局を迎える小説を書きあげることができました。救いのない物語ばかりですが、作者にはこれぞ真の『暗黒』小説との思いがありました。

この結末がすべて同じ短篇のなかでも〈長十郎〉は『29歳でこの世を去った山中貞雄《やまなかさだお》監督の最後の作品で、河竹黙阿弥《かわたけもくあみ》の世話物を翻案、映画化した時代劇の長屋物の名作（世界大百科事典　第二版より）』である私の大好きな映画〈人情紙風船〉に対するオマージュとしてあえて武士の愚かさを徹底的に戯画化してみました。

また〈次二〉は、次二という名前自体が偽名で、作中に登場するすべての登場人物が無名であるなか、唯一実在した人物の名は、翌七年の天明の打ち毀《こわ》しにて餓《う》えた民にむかって

「米がないなら犬を食え」と放言した北町奉行、曲淵甲斐守のみであることをあえてここに記しておきます。作品の構造上、作中に「米がないなら犬を食え」と書きこむことは不可能だったのですが、この飢餓を描いた作品で、なぜ曲淵甲斐守だけが実名であるかといったあたりの作者の思惑を汲《く》み取って戴けると幸甚です。

なお当時の暦面では皆既とありましたが、実際の蝕分蝕甚は京都で〇・九八、十二時十分。江戸で〇・九八、十二時三十四分。紀伊半島から中部、福島、宮城にかけては金環蝕との資料が残されています。八丈島に関しては八方手を尽くしましたが記録らしい記録が一切見つからず、あくまでもフィクションとして拵《こしら》えてあることをお断りしておきます。

煩瑣《はんさ》になるので著作権の存在しない江戸時代の諸資料をここに並べあげることは控えますが、正月元日の日蝕を知って、気持ちを昂《たか》ぶらせて当たった資料だけは謝意を込めて挙げておきましょう。〈仮名暦〉〈隆叙卿記〉〈韶房卿記〉〈篤長卿記〉〈国長卿記〉〈経熙公記〉〈実種公記〉〈瀬田問答〉〈続日本王代一覧〉〈祠曹雑識〉〈き、のまに〳〵〉〈坐臥記〉〈筆のすさび〉〈霊憲候簿前編〉〈寛政暦書〉といったところです。これらは大崎正次氏の並外れた労作、〈近世日本天文史料〉〈原書房刊〉にて知ることができ手当たり次第集めました。先賢の貴重なる記録は実際に作中に用いることはほとんどなかったのですが〈資料のあとがき掲載順も〈近世日本天文史料〉のままにしておきますが、当然濃淡はあり、〈き、のまに〳〵〉〈坐臥記〉〈筆のすさび〉の三資料はとりわけくっきりした像を見せてくれました〉、私の脳裏の細部の絵を補強する大切な縁となりました。

〈小説すばる〉掲載時は横山勝が叮嚀《ていねい》かつ真摯に原稿を見てくれ、ずいぶん力づけられました。なによりも横山に読ませたい、という思いがこの小説を書く原動力となりました。

書籍化においては、鯉沼広行が時代小説専門の校閲者を複数起用するという徹底ぶりで仕事をしてくれました。

文庫化において、半澤雅弘が装画に絵金を提案してきたとき、十六歳のころ、神奈川県の小便臭い映画館、登戸銀映で観た、絵金を描いた中平康《なかひらやす》監督の血と臓物にまみれた〈闇の中の魑魅魍魎《ちみもうりょう》〉が蘇りました。〈日蝕えつきる〉には絵金だ！　と、大きく頷きました。残念ながら〈闇の中の魑魅魍魎〉は、いまの時代では許容されぬ描写があり、読者諸兄がＤＶＤなどで鑑賞することはできないでしょうが、機会がありましたら是非。

初校ゲラに同封されていた鯉沼の『疑問点はほとんど見当たりません。多くはルビなどの煩瑣な疑問（全体初出にするか、作品初出にするか）であり――』という手紙に、ある程度完成度を尽くした作品を書きあげることができたと自負していますが、横山勝、鯉沼広行、そして半澤雅弘の力添えなくしてこの作品は成立しませんでした。

令和二年初夏

花村萬月

参考文献

＊〈嬉遊笑覧〉喜多村信節
＊〈守貞謾稿〉喜田川守貞
＊〈江戸名所図会〉斎藤幸雄・幸孝・幸成
＊〈都風俗化粧伝〉佐山半七丸

等々、（あとがきに記したもの以外に）江戸時代の著作権の存在しないもの多数。それには古地図なども含まれます。

また目を通しただけというものも多く（現在入手可能なものも含めて）、煩瑣になるため割愛させていただきます。

たとえば春画等の詞書《ことばがき》や書入は生きいきとした江戸語の宝庫です。けれど『はて気のせまい大事ないき』という科白《せりふ》が『なんと臆病な、心配するな』という意味であると即座に了解できる人がどれだけいるか——というわけで、結局は（江戸時代らしき雰囲気をもった）現在の言葉を遣わざるをえず、いまにはじまったことではないのですが、渉猟はほぼ徒労に終わっています。

もちろんこれは小説が虚構である以上、当然のことなのですが、それらしい気配を醸しだすことにおいては、じつに参考になっています。なお、作品によって江戸語の気配の多いもの、そうでないもの、書き分けてあります。

また、江戸時代は箱根七湯を『しちとう』ではなく『はこねななゆ』と称した（山口修＝聖心女子大教授・大戸吉古＝神奈川県立博物館――両氏の江戸時代の箱根七湯の資料による）ことなど、手許に断片しか存在せず、どこで、なにからコピーしたのか判然としないものもそれなりにあって、心苦しいことですが、それらは省かせていただきます。

以下は入手可能（と思われる）ものです。

＊〈衛生学者が繙いた売春性病史〉山本俊一　文光堂
＊〈近世日本天文学史　上・下〉渡辺敏夫　恒星社厚生閣
＊〈星の古記録〉斉藤国治　岩波書店
＊〈複合大噴火　1783年夏〉上前淳一郎　文藝春秋
＊〈江戸秘語事典〉中野栄三　慶友社
＊〈陰名語彙〉中野栄三　慶友社
＊〈江戸のかげま茶屋〉花咲一男　三樹書房
＊〈江戸時代の性愛文化　秘薬秘具事典〉渡辺信一郎（蕣露庵主人）　三樹書房
＊〈殉死の構造〉山本博文　講談社
＊〈武士と世間〉山本博文　中央公論新社
＊〈切腹　日本人の責任の取り方〉山本博文　光文社

＊〈切腹の日本史〉大野敏明　実業之日本社
＊〈日本人はなぜ切腹するのか〉千葉徳爾　東京堂出版
＊〈日本流人島史　その多様性と刑罰の時代的特性〉重松一義　不二出版
＊〈江戸の流刑〉小石房子　平凡社
＊〈女護が島考〉浅沼良次　未来社
＊〈遠島　島流し〉大隈三好　雄山閣
＊〈飢饉　飢えと食の日本史〉菊池勇夫　集英社
＊〈飢饉〉荒川秀俊　教育社
＊〈飢饉日本史〉中島陽一郎　雄山閣
＊〈江戸時代の飢饉〉難波信雄他共著　雄山閣
＊〈天明飢饉史料　石谷家文書〉芳賀登・乾宏巳・石谷貞彦編　雄山閣
＊〈図説　江戸町奉行所事典〉笹間良彦　柏書房
＊〈図説　日本拷問刑罰史〉笹間良彦　柏書房
＊〈江戸牢獄・拷問実記〉横倉辰次　雄山閣
＊〈大江戸暗黒街　八百八町の犯罪と刑罰〉重松一義　柏書房
＊〈江戸やくざ研究〉田村栄太郎　雄山閣
＊〈物語　大江戸牢屋敷〉中嶋繁雄　文藝春秋

＊〈江戸の刑罰〉石井良助　中央公論新社

敬愛する宇月原晴明《うつきばらはるあき》さん（たとえば〈安徳天皇漂海記〉など再読ではおさまらず、再々読しています。新作が待ち遠しい）が、いつも参考文献の最後に記しておられる言葉を敬意をもって引用させていただきます。――学恩、ありがとうございました。

解　説

細谷正充

「この本を読む者は一切の希望を捨てよ」

ダンテの『神曲』に登場する、地獄の門に刻まれた銘文「この門をくぐる者は一切の希望を捨てよ」を捩《もじ》って、最初にこう宣言しておく。本文よりも解説を先に読む読者が、一定数いることは知っているので、読む気を削《そ》ぐ可能性のある、この書き出しはどうかと思う。だが本書だけは、これでいいのだ。作者は「あとがき」で、

「救いのない物語ばかりですが、作者にはこれぞ真の『暗黒』小説との思いがありました」

と記しているが、もっと強い言葉を使うべきではないのか。なぜなら、ここにあるのは最暗黒の時代小説なのだ。天明時代の底を這《は》いずるように生きて死ぬ、五人の男女の

物語は、血と怨念と絶望に塗《まみ》れているのだ。本を開くには覚悟が必要である。そして、覚悟を決めて読む価値がある。

本書『日蝕えつきる』は、「小説すばる」二〇一二年十二月号から一六年一月号にかけて断続的に発表された五作が収録されている。単行本は集英社から、二〇一六年八月に刊行された。冒頭の「千代」は、夜鷹《よたか》の千代が主人公。軽井沢の旅籠《はたご》で身を売っていた千代は、浅間山《あさまやま》の大噴火を逃れて、江戸にやってきた。それから数年。夜鷹をしている千代は、老いを感じるようになった。そんな千代が、唐瘡《とうがさ》にかかり、ついに死を選ぶ。それは天明六年一月一日に起きた、日蝕《につしよく》の最中であった。

続く「吉弥」は、戯者《やくしや》になろうとしながら、陰間《かげま》にされていく吉弥が主人公。陰間修業を続け、ついに客を取ることになった吉弥。しかし初めての客の無体により、陰間としての未来が断たれる。絶望した吉弥は、ついに死を選ぶ。それは天明六年一月一日に起きた、日蝕の最中であった。

個人的にこの話が、読んでいて一番きつかった。それは私が男だからだろう。陰間の修業やセックス描写に、尻のあたりがゾワゾワしてしまうのだ。ここまでリアルに感じるのは、作者の筆力だけでなく、綿密な時代考証があるからだ。本書の収録作は、それぞれ舞台が違うのだが、どれも調べるだけ調べたという、作者の自信が伝わってくる。歴史・時代小説を書くのなら当たり前。だが、その当たり前を実行するのが、なんと困難なことか。それができているからこそ、各話の主人公の地獄が際立つのである。

さらに第二話まで読んで、物語のフォーマットが明確になった。地べたを這いずるように生きる人間が、いかに死んだのか。その過程を克明に描いていくのである。しかもストーリーの締めくくり文章は、常に一緒。


「天明六年正月元日、日蝕皆既――。日蝕えつきて、未一刻にふたたびあらわれた太陽を××がその目で見ることは、なかった」(××の部分には、各話の主人公の名前が入る)

という一文で、それぞれの主人公の人生が終るのである。なお、天明六年の日蝕は、作者の創作ではなく、現実の出来事だ。これを使用した理由は後述したい。

第三話の「長十郎」は、現実から目を逸《そ》らし続けるダメ浪人の海野《うんの》長十郎の醜い足掻《あが》きが、容赦なく綴《つづ》られていく。ただし本書の中で唯一、ユーモアの感じられる作品である。無能なのに武士面をしている長十郎。提重《さげじゅう》(私娼)をして長十郎を養っていたが、やくざ者の新三と浮気する妻の靜《しづ》。靜を寝取っていい気になっていたが、彼女の性欲を持て余す新三。もちろん最終的に長十郎は惨めな死を迎えるのだが、彼らの姿はどことなく滑稽だ。作者は「あとがき」で、

「私の大好きな映画〈人情紙風船〉に対するオマージュとしてあえて武士の愚かさを徹底的に戯画化してみました」

と、書いている。戦地での病により二十九歳の若さで死去した山中貞雄《やまなかさだお》監督の残した『人情紙風船』について、ここでは詳しく触れない。ただ、本書の中で「長十郎」だけ、作品のトーンがちょっと違う理由は、この傑作に求めることができよう。

第四話「登勢」は、舞台を八丈島《はちじょうじま》に移し、どん底の生活を送る島人の登勢の、無情な日常が活写されている。希望も何もない登勢が、流人の女犯僧によって得た、ささやかな幸せが蹂躙《じゅうりん》されていく様は、読んでいて息苦しい。

そしてこの作品には、本書の意図を明らかにする、重要な部分がある。八丈島の近くにある青ヶ島《あおがしま》の噴火だ。この噴火により青ヶ島の島民が八丈島に避難し、貧しい島はさらに貧しくなる。また、青ヶ島は天明三年三月にも噴火しており、その三、四ヶ月後に浅間山が大噴火したのである。このことについて島の老人が登勢に、

「いいか。どこかで繋《つな》がっとるんじゃ。いにしえからの言い伝えをあれこれくっつければ一目瞭然じゃ。どこかで火を噴くと、それにつられてあちこちで火を噴く」

と、いうのである。その言葉に関連して、作者が巻末の参考文献で挙げている、上前《うえまえ》淳一郎《じゆんいちろう》の『複合大噴火　1783年夏』に留意したい。これは同じ年の夏に起きた、浅間山の大噴火と、アイスランドのラキ山の大噴火を並べ、それぞれ日本とフランスで、どのような影響が出たかを検証したノンフィクションである。浅間山の大噴火が、飢饉《ききん》に喘《あえ》ぐ日本の民をさらに困窮させたことは、いうまでもないだろう。一方、ラキ山の大噴火はヨーロッパに大きな痛手を与え、有効な政策を取らなかったフランスの穀物不足が、革命へと繋がっていったのではないかという、可能性を示唆している。つまり地獄は、どこにでも生まれるのだ。

本書を読み続けていると、まるで地獄巡りをしているような気分になる。そしてそれは、天明六年の日本だけの話ではないのだ。場所を越え、時代を越え、地獄は偏在する。島の老人の言葉の裏には、そのような作者の思いが込められているのだ。

さらに青ヶ島の噴火と、「千代」の冒頭で描かれた浅間山の大噴火を結びつけると、日蝕の意味が見えてくる。そもそも日蝕とは何か。手元にある『広辞苑』を引くと、「月が太陽と地球との間に来て太陽光線をさえぎる現象」とある。いきなり太陽の光が消えて暗闇が訪れるが、けして超常現象ではない。しかし科学知識の乏しい江戸時代の人にとっては、理解不能の現象である。人間よりもはるかに大きい存在を、その現象に見ても可笑《おか》しくないのだ。そういえば「古事記」に記された、天照大御神《あまてらすおおみかみ》が洞窟に引きこもる、天の岩戸のエピソード（「日本書紀」にも似たエピソードが載っている）は、日蝕を表現したものだともいわれている。これも超常現象に、人間以上の存在を見る行為であろう。その日蝕が、各話の主人公の死を飾るように、ラストに訪れるのである。

さらに「千代」「登勢」で、噴火が描かれている点も、注意する必要がある。火山の噴火もまた、人間の力ではどうにもならない現象だ。日蝕が天の異常ならば、噴火は地の異常。ふたつ合わせれば〝天変地異〟である。そして人間は、天と地の間に蠢《うごめ》く虫けらだ。霊長類だの地球の支配者だのといったところで、ちっぽけな存在にすぎない。そのことを露《あら》わにするために、日蝕と噴火が必要だったのだ。

だが、それだけの存在だとしても、人は生まれてきた意味を求める。ラストの「次《つぐ》二《じ》」を見よ。無実の罪で伝馬町《てんまちよう》の牢に入れられた無宿者の次二が、拷問による瀕死《ひんし》の床で、真の罪を告白するというストーリーだ。次二が行き着いた牢内は、酸鼻な光景が当たり前の場所である。にもかかわらず、あまりにも過酷な体験をしてきた彼は、地獄のはずの牢内にかそけき光を感じる。それは牢名主との会話で明らかだろう。希望ではない。しかし確かに、触れ合うものがあった。その事実に、救われるのである。

なおこの作品には、本書を通じて唯一の実在人物として、北町奉行の曲淵《まがりぶち》甲斐守《かいのかみ》が登場する。「あとがき」で作者自身が、その意味について言及しているので、屋上屋を架すことはやめておこう。ただ、甲斐守の放言が、マリー・アントワネットの放言と誤って伝えられた「パンがなければお菓子を食べればいいじゃない」と通じ合う。この放言の類似性は興味深い。人間の愚かさは万国共通であり、やはり地獄は偏在しているということだろうか。

二〇二〇年現在、コロナ禍の影響により、日本も世界も先が見えなくなってしまった。誰もが今の生活を、いきなり失う可能性があることが、否応《いやおう》なく分かってしまった。本書の五人の悲惨な人生は、けして他人事ではないのだ。こんなときだから、普段は目を逸《そ》らしている人間の『暗黒』を凝視したい。読者を選ぶことを承知の上で、本書を強く薦めたいのである。

（ほそや・まさみつ　文芸評論家）

本書は二〇一六年八月、集英社より刊行されました。

初出
千代　「小説すばる」二〇一二年一二月号
吉弥　「小説すばる」二〇一三年一一月号
長十郎　「小説すばる」二〇一五年二月号
登勢　「小説すばる」二〇一五年八月号
次二　「小説すばる」二〇一六年一月号

集英社文庫　目録（日本文学）

橋本長道　サラの柔らかな香車
橋本長道　サラは銀の涙を探して
蓮見恭子　パンチョ高校クイズ研
馳星周　ダーク・ムーン（上）
馳星周　ダーク・ムーン（下）
馳星周　約束の地で
馳星周　美ら海、血の海
馳星周　はた万次郎
馳星周　淡　雪　記
馳星周　ソウルメイト
馳星周　ソウルメイトⅡ
馳星周　炎
馳星周　雪
馳星周　陽だまりの天使たち（上）
馳星周　陽だまりの天使たち（下）
馳星周　パーフェクトワールド（上）
馳星周　パーフェクトワールド（下）
馳星周　神　奈　備
羽田圭介　御不浄バトル
畠山理仁　黙殺　報じられない「無所属」候補たちの戦い
畑中恵　うずら大名
畑野智美　国道沿いのファミレス

畑野智美　夏のバスプール
畑野智美　ふたつの星とタイムマシン
はた万次郎　北海道青空日記
はた万次郎　ウッシーとの日々1
はた万次郎　ウッシーとの日々2
はた万次郎　ウッシーとの日々3
はた万次郎　ウッシーとの日々4
花井良智　美しい隣人
花井良智　はやぶさ　遥かなる帰還
花村萬月　ゴッド・ブレイス物語
花村萬月　渋谷ルシファー
花村萬月　風　転（上）
花村萬月　　　　（中）
花村萬月　　　　（下）
花村萬月　虹列車・雛列車（上）
花村萬月　虹列車・雛列車（下）
花村萬月　鈍娥嗟妊（上）
花村萬月　鈍娥嗟妊（下）
花村萬月　日蝕えつきる
花家圭太郎　八丁堀春秋

花家圭太郎　日暮れひぐらし　八丁堀春秋
帚木蓬生　エンブリオ（上）
帚木蓬生　エンブリオ（下）
帚木蓬生　インターセックス
帚木蓬生　賞の柩
帚木蓬生　薔薇窓の闇（上）
帚木蓬生　薔薇窓の闇（下）
帚木蓬生　十二年目の映像
帚木蓬生　天に星地に花（上）
帚木蓬生　天に星地に花（下）
帚木蓬生　安楽病棟
帚木蓬生　やめられない　ギャンブル地獄からの生還
帚木蓬生　ソルハ
浜辺祐一　こちら救命センター　救命救急センターこぼれ話
浜辺祐一　救命センターからの手紙　ドクター・ファイルから
浜辺祐一　救命センター当直日誌
浜辺祐一　救命センター部長ファイル
浜辺祐一　救命センター「カルテの真実」
葉室麟　冬姫

集英社文庫

日《ひ》蝕《は》えつきる

2020年7月25日　第1刷　　定価はカバーに表示してあります。

著　者　花村萬月《はなむらまんげつ》

発行者　徳永　真

発行所　株式会社　集英社
東京都千代田区一ツ橋2-5-10　〒101-8050
電話　【編集部】03-3230-6095
【読者係】03-3230-6080
【販売部】03-3230-6393(書店専用)

印　刷　凸版印刷株式会社

製　本　加藤製本株式会社

フォーマットデザイン　アリヤマデザインストア　　マークデザイン　居山浩二

ISBN978-4-08-744136-9 C0193